三河雑兵心得

# 砦番仁義

井原忠政



双葉文庫

# 目次

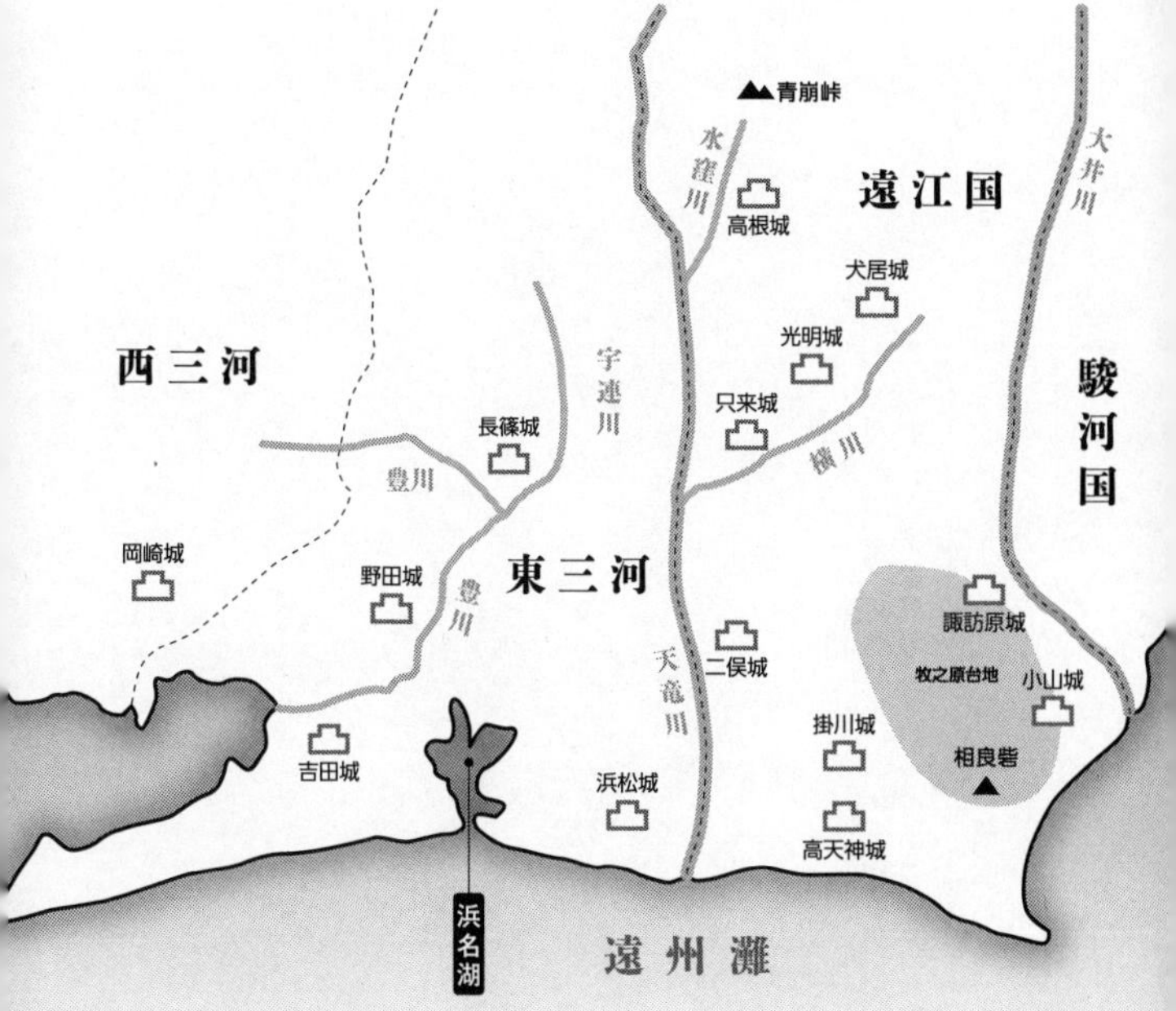
青崩峠
水窪川
遠江国
大井川
高根城
犬居城
光明城
宇連川
西三河
駿河国
只来城
長篠城
横川
豊川
岡崎城
東三河
野田城
豊川
諏訪原城
天竜川
二俣城
牧之原台地
小山城
掛川城
吉田城
相良砦
浜松城
高天神城
浜名湖
遠州灘

三河・遠江図

# 三河雑兵心得　砦番仁義

# 序章　徳川《とくがわ》軍議

「岡崎《おかざき》衆など軍議に呼ぶ必要はない。どうせ戦場《いくさば》では、なんの働きもせんのだからな」

「お頭《かしら》！」

植田茂兵衛《うえだもへえ》は、義弟である松平善四郎《まつだいらぜんしろう》の言葉を慌てて制した。

さほど広くない庭の奥には土塀があり、その向こうはもう浜松城下《はままつじようか》の往還だ。北へ半町（約五十五メートル）歩けば榎門《えのきもん》（大手門）である。誰の目や耳があるか知れない。

「でもね義兄《あにじや》、大給《おぎゆう》の真乗《さねのり》様が拙者になんと申されたと思う？『大草《おおくさ》の小倅《こせがれ》殿が先手弓頭《せんてゆみがしら》とは、さすがに浜松衆は出世が早い。それとも、人がおらんのかな』と鼻先で笑われたのだぞ。拙者、思わず脇差に手がかかったわ」

「ま、抜かないで宜《よろ》しゅうございましたな」

妻の寿美《すみ》と目を見交わしながら、茂兵衛が苦笑した。庭を見渡す廊下、若夫婦と義弟、三人で湯を啜《すす》っている。

大給松平の真乗は、家康《いえやす》の又従弟《またいとこ》である。年齢は今年で三十三歳の家康より真乗の方が三歳下か。武者として脂の乗り切った年頃で、豪勇の誉《ほま》れが高い赤ら顔の大男だ。対する善四郎は今年二十歳、経験不足の上に小柄で、弓以外の武芸は不得手としていた。斬り合って勝てるはずがない。

本日は天正《てんしょう》三年（一五七五）の六月一日である。長篠設楽原《ながしのしたらがはら》での激戦から十日が経った。徳川家の今後の方針を議論するため、徳川の軍制を支える浜松衆、吉田《よしだ》衆、岡崎衆――いわゆる「三備《さんぞな》え」が一堂に会する拡大軍議が、午後から浜松城大広間にて開催される。

「真乗様だけではない。岡崎の親戚筋はいつも拙者のことを虚仮《こけ》にしおる。我慢がならん」

親戚筋――御一門衆とも呼ばれる、松平を名乗る徳川宗家の親類を指し、同じ徳川の家臣ながらも、周囲から一定の尊敬を受けていた。善四郎の大草松平家もその一つである。

「もともと西三河《にしみかわ》の人間は了見が狭いのよ」

「これ善四郎、言葉が過ぎる。貴方《あなた》だって本貫《ほんがん》は西三河でしょうに」

ここまで黙って聞いていた寿美が、美しい顔を強張《こわば》らせた。

善四郎はかつて、松平信康《のぶやす》の小姓として岡崎城に出仕していたことがある。それが、ある事情から信康の元を去り、浜松城詰めとなった。さらには、家康に見込まれ先手弓頭に抜擢され、五十人からの足軽を率いている。岡崎衆は、元の仲間の出世を妬み、今もネチネチと皮肉を言ってくるらしい。

「気にならぬことです。お頭を弓頭に据えたのは他ならぬ家康公です。もしその人事が不当不正だというのなら、それは殿様の御判断を批評することにもなりかねん。いかに御一門衆とはいえ、ちと僭越《せんえつ》ではありませんか」

「そうだ。その通りだ。真乗様は僭越だ」

善四郎が「我が意を得たり」とばかりに膝を叩き、笑顔を見せた。

今回の軍議は、矢鱈《やたら》と参加者が多い。当主の徳川家康以下、百人ほどにもなりそうだ。

浜松城詰めの旗本先手衆の他に、吉田城からは筆頭家老酒井忠次《さかいただつぐ》に率いられた東三河衆が、岡崎城からは松平信康の付家老である石川数正《いしかわかずまさ》以下の西三河衆が、それぞれ二十人を率いて参加する。重臣《おとな》や番頭《ばんがしら》衆に加え、今回は物頭《ものがしら》衆までが幅広く招集された。つまり「徳川家臣団の総意を聞く」との体裁《ていさい》である。

ちなみに、番頭は、騎馬武者である侍衆を率いる上級指揮官であり、侍大将とも呼ばれた。本多平八郎《ほんだへいはちろう》、榊原康政《さかきばらやすまさ》、大久保忠世《おおくぼただよ》らがそれに当たる。

対して物頭は、歩兵である足軽を率いる下級指揮官で、足軽大将とも呼ばれた。弓足軽隊を率いる善四郎の地位がそれだ。身分も名誉も俸禄も、すべて番頭の方が格上だが、長篠戦の結果を引くまでもなく、今や戦の勝ち負けは、騎兵の突進ではなく、足軽部隊の槍や弓や鉄砲で決することが多い。

先手弓組の筆頭寄騎《よりき》である茂兵衛は、まだ正式な物頭とは言えないが、弓頭である義弟の善四郎を副隊長として補佐する立場にあり、「物頭級」ということで軍議への参加が許されていた。

徳川家の軍議は、喧嘩腰となり紛糾するのが常である。

家康自身が、上意下達《じょういかたつ》の形式的な軍議を嫌い、闊達《かったつ》な意見表明を家臣たちに求めたからだ。たとえ罵《のの》り合いになっても、家臣たちの本音を知り、家内の問題点を探り、己が選択肢を増やす好機と捉えているようである。家康にとっての軍議とは、情報収集の場であった。

ただ、行き過ぎはいけない。

今は乱世なのだ。人の心は猛々《たけだけ》しい。ほどよいところで止めないと、すぐ殴り合いや刃傷沙汰にもなりかねない。徳川流の荒れる軍議は、気が荒く、僻《ひが》み易い三河衆の扱いを熟知した家康にのみ許される高難度な荒業であった。

「そもそも、設楽原でのあの配置はなんじゃ？」

軍議が始まって間もなく、件《くだん》の松平真乗が声を荒らげた。

「我が信康公の御本陣は、前線はるか後方の松尾山《まつおやま》……戦は大宮川《おおみやがわ》を挟んで六町（約六百五十四メートル）離れた高松山《たかまつやま》で終始したのじゃ。あの場所でどう戦えというのか！」

「後詰めじゃ。派手ではないが、誰かが務めねばならぬ役目にござる。源次郎《げんじろう》様は、後詰めを軽視されるのか？」

と、真乗を通称で呼び、激しく非難したのは、口さがない浜松っ子から「学問のある本多平八」とか「気短さは平八以上」とよく陰口を叩かれる榊原康政だ。

「こら榊原！　言いがかりをつけるな！　誰も軽視などしておらんわい。ただ毎回ではないか？　ワシら岡崎衆が先鋒を仰せつかった例《ためし》がない。それはおかしいだろうと、ワシはゆうておるのよ！」

この日の大広間での議論は、いつもに増して酷かった。その背景には、現在の徳川家がはらむ、大きな対立の芽が潜んでいた。

徳川の主敵である武田勝頼《たけだかつより》は、遠江《とおとうみ》へ侵入する際、大井川《おおいがわ》を渡って駿河国《するがのくに》からくるか、信濃国《しなののくに》から青崩峠《あおくずれとうげ》を越えて天竜川《てんりゅうがわ》沿いに南下するか、そのどちらかであった。

自然、矢面に立ち、遠江防衛戦を戦うのは浜松城の旗本先手衆と吉田城の東三河衆が中心となる。岡崎城の西三河衆は、後詰めとして三河本国の守りに留め置かれることが多かった。

そう役割分担が決まってくると、どうしても戦で怪我を負った者や、槍働きの苦手な者が岡崎城へと配置換えされるようになってくる。旗頭の信康がまだ十七歳と若かったこともあり、岡崎衆と他の二軍団との力量の差は開くばかりであった。旗本先手衆と東三河衆に対し、西三河衆は臍《へそ》を曲げ、強い嫉妬を感じている次第だ。

「大給の源次郎様は、なんぞ勘違いをしておられるようだ」

満を持して本多平八郎が、ゆっくりと立ち上がった。大柄な真乗より、さらに拳二つ分も背が高い。見上げるような大男だ。かつ、平八郎の口の悪さを知らぬ者はいない。上座の家康が露骨に舌打ちして顔を背けた。誰もが息を飲み、御一門衆の真乗に対し、平八郎の口から強烈な毒が吐かれることを恐れ、かつ期待した。

「配置が気に食わんと申されるが、それは自業自得にござろう」

「じ、自業自得だと⁉」

真乗が血相を変えた。

「左様、戦場で目を見張る槍働きをした者を、後方に据え置く総大将がおろうか。一番槍を果たした勇者を後詰めに回す軍師がおろうか。源次郎様は、まず後方に置かれたことそれ自体を恥じられるべきではないのか」

「ワ、ワシの働きが足りぬゆえ、後詰めに回されたと申すのか⁉」

「ハハハ、そう聞こえましたかな」

「平八、無礼であろう！　ワシは兎《と》も角《かく》、その言葉は信康公に対する冒瀆《ぼうとく》じゃ」

「大体、毎度毎度後方に置かれたら、槍働きを見せようにも機会がないわ」

横から櫻井《さくらい》松平家の松平忠正《ただまさ》が、真乗に加勢した。櫻井松平も西三河衆として信康を支えている。

「それは与一郎《よいちろう》様が、大人しく配置を守っておられるからではないのか？」

平八郎が忠正を扇子《せんす》の先で指した。怒りに震えていた忠正が思わず仰《の》け反《ぞ》る。

「戦場にあっては臨機応変、配置が気に食わなければ、動けばよい。動いて殿から叱られたら、腹を切る覚悟を持たれよ。その覚悟もなく三河武士を名乗って欲しくない！」

「平八、貴様！」

忠正が腰の脇差を摑んで立ち上がった。

茂兵衛の隣で、興奮した善四郎が立ち上がりそうになったので、茂兵衛は袴の帯を摑んで制止した。

「この、たァけどもがァ！」

上座から家康が、辛抱しきれずに吼《ほ》えた。

「そうゆう話は後でええ。平八は控えよ！　源次郎と与一郎はたァけの雑言《ぞうごん》に一々目くじらを立てるな！　今はいかに武田を遠州《えんしゅう》から駆逐するか、議論の要諦はそこじゃ。軍議を前へ進めよ！」

と、家康が軌道修正を求めて平八郎を睨みつけた。平八郎が殊勝に平伏し、浜松衆も岡崎衆も一旦矛を収めることになった。

俯瞰して眺めると、この一連の件《くだり》はいかがであろう。

平八郎が挑発し、相手は激高する。家康が平八郎を怒鳴りつけ、平八郎は素直に謝る。かくて議論の場は温まり、同時に家康の主導権も確立する。家康と平八郎、決して示し合わせているわけではないのだろうが、あまりにも同様の展開が多いので、どうしても主従阿吽《あうん》の呼吸に見えてしまう。

長篠での大勝利の勢いをかって、家康は遠江各地で反攻に転じようとしていた。まずは、本拠地である浜松城に脅威を与えている武田側の二俣城《ふたまたじょう》を奪還せねばならない。

「ただ、二俣は大岩の上に立つ堅城でございまするからな」

慎重派で、いつも平八郎と対立する酒井忠次が、「二俣城は侮《あなど》れない」と一座に注意を喚起した。

「さらに、城将の依田信蕃《よだのぶしげ》を中心に城兵の士気が高い。急がば回れとの言葉もござる。残っている武田側の支城を一つずつ潰し、二俣城を丸裸にしてから攻めるのが上策かと考えまする」

「具体的には、どの城から落とす？」

家康が、北遠江の地図上に身を乗り出しながら酒井に質《ただ》した。

「敵方の城は北から順番に、高根城《たかねじょう》、犬居城《いぬいじょう》、光明城《こうみようじよう》、只来城《ただらいじょう》、二俣城と連なっております。いずれは全てを落とすにしても、まずは、この光明城を落としてはいかが？」

酒井が図上を扇子の先で指した。

「光明城を獲れば、天野《あまの》が籠《こも》る犬居城は支城を失い、只来城は補給路を断たれたことになりもうす」

「光明は山城じゃな。城番は？」

「松井宗恒《まついむねつね》にござる。元は今川《いまがわ》侍で、古くからの武田の郎党よりは調略も容易かと。城兵の数は二百ほどで、他の三城に比べれば与《くみ》し易い」

「ほうか。秋の収穫までに二俣城は取り戻しておきたい。光明城攻めに時をかけるわけにはいかんぞ。急がねばな」

勝頼率いる武田勢は、軍制改革が途上である。織田《おだ》徳川勢のような常備軍をまだ持っていない。武田の将兵は基本、農場経営者と農民の集合体であり、農繁期に多くの兵を募るのは困難だ。言い換えれば、家康にとって農繁期である夏こそが勝頼と戦う好機だった。

「ワシは明日にも鳥羽山《とばやま》に二俣城攻めの本陣を置く。光明城は一日で、遅くとも二日のうちに抜け！」

「その光明城攻め、我ら岡崎衆に仰せつけたまえ」

大給の松平真乗が手を挙げた。

瞬間、家康の表情がかき曇った。口元は微笑《ほほえ》み、真乗を見て頷いているが、目が泳いでいる。

（ハハハ、殿様、困っておられるわ。御意とは違ったようだな）

末席に控える茂兵衛は、困惑する主人を眺め、必死に笑いをこらえた。

（山城を数日で落とすからには、どうせ使われるのは俺らだら。平八郎様に指揮を執らせ、先手の弓鉄砲組を寄騎させる……今の徳川勢では、これが最強の布陣だがね）

「よう申した。源次郎の心意気、家康感じ入ったぞ」

とりあえず家康は真乗を称えた。

「ただ、左衛門尉《さえもんのじょう》が申した通り、光明城はさほどの難敵ではない。そうだな？」

「御意ッ」

同意を求められた酒井忠次が平伏した。

「であれば、西三河衆が出るまでもあるまい。貴公らには、また別の先陣を任せる故、今回ばかりは……」

「と、殿！」

光明城攻めから外されそうな気配に、真乗と忠正が「誤魔化されぬぞ」と色をなした。

「そう怖い顔で睨むな……伯耆《ほうき》、なんぞあるか？」

家康は、信康の付家老で、実質上、西三河衆の旗頭を務める石川数正に話を振った。事実上、真乗との議論から逃げた格好だ。

「源次郎様、与一郎様、いかがにございましょう。落とし易い光明城攻めは他に花を持たせ、ここは殿に一つ、貸しを作っては？」

「うん、確かに借りた。この借りは、後日必ず返すとこの場で確約する」

家康がすぐに飛びついた。

結局家康は、最精鋭部隊たる旗本先手役の本多平八郎と榊原康政に、光明城の攻略を命じた。両隊は騎馬武者が中心の打撃部隊であり、攻城戦には必須の飛び道具が不足している。先手鉄砲組の他に、善四郎と茂兵衛の義兄弟《きょうだい》が指揮を執る先手弓組も光明城攻めに同道することになった。

「ふん、また浜松衆の手柄か……」

岡崎衆の中から、誰かが忌々しげに呟く声が漏れ聞こえた。

# 第一章　反攻、北遠江《きたとおとうみ》

一

本多平八郎と榊原康政に率いられた二千の軍勢は、二俣城《ふたまたじょう》を左に見ながら秋《あき》葉《ば》街道を北上した。半里（約二キロ）ほど歩くと山東《やまひがし》で道は左右に分かれた。その分岐から二里半（約十キロ）、曲がりくねった細い山道を上れば武田方の光《こう》明《みょうじょう》城である。

平八郎が連れてきた界隈《かいわい》の地理に詳しい地侍によれば、山東から光明城までの比高は三町（約三百二十七メートル）近くもあるらしい。深山の奥の奥、本来は修行のための山寺であったものを、付近を治める天野《あまの》党が接収し、城塞化した典型的な山城だ。

天正《てんしょう》三年（一五七五）六月十日は、新暦に直せば七月十七日である。夏蟬《なつぜみ》が鳴き交わす深い森を縫って、人気《ひとけ》のない上り坂はどこまでも続いていた。

この山道こそが秋葉街道であった。光明城の門前を通り、山を下って気田川《けたがわ》河畔に出る。川に沿って北上すれば火の神を祭る秋葉神社だ。光明城から直線距離で一里（約四キロ）ほどか。神社の背後の山には、武田側の天野党が籠《こも》る犬居《いぬい》城《じょう》が睨みを利かせていた。

梅雨《つゆ》の晴れ間である。気温も高いが、湿気がもの凄い。茂兵衛も、彼を乗せる愛馬青梅《おうめ》も、轡《くつわ》をとる奉公人の吉次《きちじ》も、茂兵衛の槍と兜《かぶと》を持つ富士之介《ふじのすけ》も、誰も彼も大汗をかきながら一歩一歩上った。

一隊の先頭には、名槍「蜻蛉切《とんぼきり》」を構えた平八郎と、三鈷剣《さんこけん》の筋兜を被った榊原が従者や郎党を従えて馬を進め、松平善四郎麾下《きか》の先手弓組が、そのすぐ後方に続いていた。

平八郎が連れた郎党の顔ぶれを見る限り、茂兵衛の実弟である植田丑松《うしまつ》は、本日の光明城攻めには参加していないようだ。丑松の唯一無二の特技である夜目・遠目を生かす機会が、昼間の城攻めにはないからであろう。

それに丑松は、長篠戦《ながしののいくさ》のすぐ後に所帯を持った。相手は、三方ヶ原戦《みかたはらのいくさ》で討死した足軽の寡婦である。さすがの平八郎も新婚の家臣を気遣って「今回は、おまんは来んでええ」と遠征隊から外したのではあるまいか。短気で喧嘩っ早く、上位者にも平気で悪態をつく平八郎だが、下の者には案外と気配りができる。

「嫌な感じの山道でござるな」

額の汗を拭いつつ、槍足軽十名を率いる小頭《こがしら》の木戸辰蔵《きどたつぞう》が、茂兵衛に話しかけてきた。

身内だけの会話では「おい、おまん」と茂兵衛に遠慮がない辰蔵だが、人前ではこうして敬語で話しかけてくれる。上役である茂兵衛の面目に配慮してくれているのだ。熱さや寒さに滅法強い辰蔵も、さすがに今日は、面頰《めんぼお》を外して腰から下げ、頭形兜《ずなりかぶと》の忍緒《しのびのお》をいっぱいに伸ばして背中で吊っていた。

ちなみに、この辰蔵も来月、茂兵衛の上の妹タキと祝言を挙げる。徳川勢の反攻が始まっており、式は先延ばしになるやも知れないが、遅かれ早かれ、善四郎、丑松の嫁に引き続いて、茂兵衛は徳川家内に三人目の義理の弟妹《きょうだい》を持つことになりそうだ。

「確かに。道の上から攻められると嫌だな」

坂道の両脇は深い森である。兵を展開させようがない。逃げ場もない。わずか十人の敵が、槍を揃えて道を塞げば、味方が千人いようが二千人いようが、応戦できるのは最前列の十人程度だ。隘路《あいろ》は衆兵《たいぐん》に不利、寡兵《かへい》には有利となる。

さらに急峻な場所で、道は大きく屈曲していた。そんな場所で待ち伏せをされたら——なぞと心配していたら、早速、大きな蛇行部へと差しかかった。先が見通せない上、かなり切り立った斜面となっている。

（ま、敵というのは不思議なもので、こちらが一番嫌がる方法で、最も嫌な時に、嫌な場所で攻めてくるもんだからなァ）

と、なると——この蛇行部は要注意だ。

「止まれ」

先頭をゆく平八郎が、馬上で右手を上げ、行軍を止めた。さすがは平八郎、危険を嗅ぎつけると、躊躇《ちゅうちょ》なく行動に出る。

各小頭たちが順送りに「止まれ」の命令を行列の後方へと伝言した。旗本先手役の精鋭たちは、渋滞することも、前の者の背中に追突することもなく、ピタリと行軍を止めた。

「坂の上はどうなっておる？」

「細い山道が続いておるだけにございまする」

榊原が問いかけ、案内の地侍が答える遣り取りが、茂兵衛のところまで聞こえてきた。茅場伝三郎《かやばでんざぶろう》と名乗る、人相の悪い中年男だ。

「ふん、この場所ァ、どーも気に食わん……皆の者、面頰を着けよ。兜を被れ」

また小頭たちが、平八郎の命令を後方へと伝言した。

「善四郎殿！」

なにか一言二言、榊原と言葉を交わした平八郎が、こちらに向けて叫んだ。頭上に掲げた腕を回し、蛇行部の上方を指し示している。

「な、義兄《あにじゃ》？」

義弟であると同時に上役でもある善四郎が、兜を被りながら質《ただ》した。

「はッ」

「あれは、坂の上に矢を射込んでみよとの御指示だろうな？」

「おそらくは」

善四郎の弓組は三十人の弓足軽と、護衛の槍足軽二十人で構成されている。その三十人で矢を射込み、もし待ち伏せしている敵がいれば、炙《あぶ》り出そうとの策である。

「弓組、矢を番《つが》え！」

若いとはいえ、善四郎も弓頭に就任して二年が経つ。命令を下すのにも慣れた様子で、挙動や号令に無駄がない。

「目標、上方の森。距離三十間(約五十四メートル)」

三十張の弓が、半月のように引き絞られた。弦がギチギチと鳴る。

「放て!」

ヒョウ。

弓が撥ね返り、三十本の征矢《そや》が空気を切り裂く音が山中に響いた。

動きはない。森は静まったままだ。

矢の音に驚き、しばらく鳴りを潜めていた夏蟬たちが、恐る恐る鳴き始めた。

「作次郎《さくじろう》、四騎連れて物見致せ」

「はッ」

作次郎とは、平八郎の配下、本多《ほんだ》作次郎という若い騎馬武者のことだ。

作次郎は先手役の同僚四騎を率い、馬を駆って坂を駆け上ってゆき、やがて視界から消えた。

馬の蹄音《あしおと》が聞こえなくなると、また蟬時雨《せみしぐれ》が優勢となり、森を制圧した。

「敵は……おらんようですな」

茂兵衛の配下で、辰蔵の同役である足軽小頭の服部宗助《はっとりそうすけ》が誰に言うともなく、ぼんやりと呟いた。

「わァ！」

と、木立の彼方《かなた》で悲愴な叫び声がした。しかし、その後は静寂が続く。なにか異変が起こったことは間違いない。

「茂兵衛、槍隊を展開させよ！　来るぞ！」

平八郎が青毛馬《くろうま》を輪乗りしながら怒鳴った。

「お頭、敵は上方より攻めて参ります。まずは弓足軽を横隊に展開して下され」

「承知！」

義弟が頷いた。面頬の奥で目が笑っている。やる気満々だ。実に頼もしい。

「辰蔵組は弓足軽の護衛としてこの場に残れ。服部組、俺に続け」

青梅から飛び降りながら二人の小頭に命じた。戦闘となれば山岳戦になる。馬に乗っていては不利だ。青梅は吉次に預けておくことにして手綱を渡した。

馬の蹄《ひづめ》の音がする。

見上げると、半狂乱になった栗毛の一頭が、木立の中を駆け下ってきた。背中の乗り手は前屈みになって動かない。

「さ、作次郎か⁉」

彼ではなかったが、蜻蛉の前立の筋兜には見覚えがあった。平八郎配下の騎馬武者だ。その甲冑《かっちゅう》には幾筋かの矢が深々と突き刺さっていた。よほどの近距離から射込まれたものだろう。重い鏃《やじり》を使って近距離から射込まれると、兜武者の頑丈な鎧《よろい》でも矢が貫通することがある。馬は平八郎の前で止まり、鞍上《あんじょう》から武者がドウッと転がり落ちた。

「えい、とう、えい、とう」

鬨《とき》の声が、栗毛の馬を追って駆け下ってきた。武田勢だ。

「突っ込め！」

平八郎が鐙《あぶみ》を蹴ると同時に、同僚の仇《かたき》を討とうと血気にはやる騎馬隊が、細い坂を駆け上り始めた。

「ついてこい」

茂兵衛は、服部宗助に怒鳴ってから、森の中へと分け入った。このまま富士之介と服部と十人の槍足軽を率いて斜面をよじ上り、山道に出て、敵の背後をとる。

夏草が生い茂っていたが、その分、手掛かり、足掛かりも多く、斜面は比較的楽に上れた。大汗をかきながら這い上り、茂兵衛は先頭に立って森から山道へと飛び出した。富士之介が続き、その後に服部、そして彼が率いる足軽隊十名が続いた。

山道には馬が四頭、呆然と立ち尽くしており、その傍らに、四人の兜武者が倒れていた。本多作次郎と彼が率いた騎馬武者三名である。ただ、誰も首は獲られていない。折角の兜首であろうに、指揮官が「討ち捨て」を命じ、配下の武者たちはそれに従ったのだ。統制が取れている。敵も必死だ。

坂の半町（約五十五メートル）下から剣戟《けんげき》の音、罵《ののし》り合う声などが沸き上がってきた。

「続け」

と、叫んで駆けだした。大きく折れ曲がった山道を一気に駆け下る。すぐに合戦場が見えてきた。

「鬨を作れ」

「えい、えい、えい」

敵は三十人ほどだが、隘路を頼りに必死で二千の徳川勢に立ち向かっている。

しかし、背後に茂兵衛らが出現し、襲い掛かって来たことで途端に浮き足立った。

そのまま槍を構えて突っ込んだ。なまじ下り坂で勢いがついている。

ドウッ。

茂兵衛の槍は、小柄な敵兜武者の胴を貫き、穂先が背中側にとび出して止まった。

兜武者は口から大量の血を吐き、ドウと倒れ、手足を激しく痙攣《けいれん》させながらこと切れた。

「糞ッ」

一突きで倒したのは小気味よかったが、ここまで深々と刺さると、槍は容易に抜けなくなる。倒れた武者の体に足をかけ、強引に抜こうとしたが、やはり抜けない。

途方にくれた茂兵衛に、富士之介が黙って立派な持槍を差し出した。今、茂兵衛が倒した兜武者の槍だ。茂兵衛の槍は彼の体に刺さって抜けなくなったのだから、交換で使わせて貰おうとの判断だ。

若干「縁起が悪い」と感じたが、折角の奉公人の気働きだ。

「有難うよ」

と、明るく言って受け取った。

ところが、この槍が意外に具合がよかったのである。

最初手にしたときには「若干軽い」と感じたものだが、重量の均衡がよくとれている。槍の出し入れが楽になった。刺突の速度が増し、敵の機先を制し、翻弄することができる。現に茂兵衛は、瞬《また》く間に鎧武者を二人、足軽を一人、突き殺した。

「茂兵衛、おまん、また腕を上げたのか？」

漆黒の甲冑を、返り血で赤く染めた平八郎にからかわれた。

前哨戦は、挟撃された光明城勢の全滅で終わった。しかし、物見に出た騎馬武者五騎を含めて、七人の討死が徳川方からも出た。

茂兵衛は、鹵獲《ろかく》した槍を持っていくかどうか悩んでいた。

貧乏だった頃こそ、背に腹は替えられず、倒した相手の武器を持ち帰ったことも幾度かあった。しかし、小頭に昇進した頃からは、死者を冒瀆《ぼうとく》するような行為は慎むようにしていたのだ。ただ、この槍は別だ。ここまで操作性が高いと手放す気にならなくなる。

（ま、難を言えば、重たい槍に比べ、殴ったときの威力が落ちるだろうな）

茂兵衛の槍術は、刺すが四分で、六分が殴るなのだ。

(惜しいが、やめとくか)

手の槍を、しみじみと眺めてみた。

きっと名人級の槍職人が丹精を込めて作った名品なのだろう。茂兵衛の頑丈なだけの太くて粗野な槍とは明らかに違った。

(確かに、惚れ惚れするほど美しくはあるが……)

かつて三方ヶ原で、善四郎の軽い槍を借り、それで思いきり殴ったら、柄に罅《ひび》が入ったことを思いだした。一歩間違えば、敵に乗ぜられ命を落とすところだったのだ。

(俺には俺に向いた槍がある。俺の馬鹿力に耐えられる太くて、硬くて、頑丈な槍だら……残念だが、この美しい槍は違う)

ふと、寿美と綾女《あやめ》の顔が脳裏に交錯した。

「旦那様、お槍を」

富士之介が、怪力を生かし、敵兵の骸《むくろ》から茂兵衛の槍を引き抜いてきてくれた。ともに幾度も戦場を駆けた分身のような槍だ。見れば、血溜まりの辺りに肉片らしきものが付着している。よほど無理矢理抜いたのだろう。洗えば済むことだが——ま、この戦が終わったら、念入りに手入れをすることにしよう。

「富士、気が利くな」

茂兵衛は槍を受け取ると、鹵獲品の槍を富士之介に渡した。

「この槍は、よほどの名品だら。おまんが使うもよし、誰ぞに売るもよし。有意義に使え」

「あ、有難うございます」

富士之介は、鉄笠の下から屈託のない笑顔を返し、美しい槍を受け取った。

茂兵衛は、今回の光明城攻めに、三人いる奉公人のうち吉次と富士之介を連れてきている。本来なら、年長で冷静な吉次を浜松城《はままつじよう》の留守宅に置いておきたいところなのだが、後詰めばかりを命じると吉次が「俺も戦に出たい」と不満を募らせかねない。

(ほうだら。岡崎《おかざき》衆の例もあるがね)

そこで今回は吉次を同道し、三十郎《さんじゆうろう》を留守宅に置いてきたのだ。人を使う身も気苦労が多い。

ただ、日頃から茂兵衛に鍛えられているため、吉次と富士之介は戦場では有能だった。槍の扱いも上々だが、雑兵としての心得を叩き込まれているから、従者として追い使っても動きに無駄がない。

茂兵衛は奉公人たちの成長に目を細め、「人を育てること」の悦びを改めて噛《か》みしめていた。

二

昼前には、木々の間から光明城の矢倉がチラチラと見えてきた。

上るだけなら一刻（約二時間）で済む道を、小戦《こいくさ》などしていたものだから一刻半（約三時間）以上もかかってしまった。

平八郎と榊原は本陣を、光明城から浅い谷を隔てて北西へ四町（約四百三十六メートル）の鏡山《かがみやま》に敷いた。光明山頂に立つ敵の城をやや見下ろす形である。

五人いる物頭《ものがしら》級の者が集められ、臨時の軍議を持った。

善四郎と茂兵衛以外の三人は、いずれも先手鉄砲組の足軽大将である。それぞれの組は三十挺の火縄銃と護衛の槍足軽二十人で構成されていた。つまり、平八郎と榊原は、九十挺の鉄砲と、三十張の弓で光明城を攻めることができる。この時代としては破格の火力と言えた。

「善四郎殿、敵城の北東二町（約二百十八メートル）に小さな頂《いただき》がござる。見えますかな？」

鏡山の本陣で、平八郎が北東の彼方を指し示した。

「見えます」

「貴公と茂兵衛は、あの頂を占拠し、そこから火矢を矢の続く限り、光明城内に射込まれよ。矢は届きますかな？」

「征矢なら届きまするが、火矢だと、微妙な距離かと」

二町の距離なら征矢は十分に届く。剛腕の射手が軽い鏃を使えば、三町（約三百二十七メートル）以上も飛ばせるものだ。ただ、火矢は可燃物を鏃に結び付けて射るので抵抗が増し、射程距離は落ちる。

「ま、届かなければ、届くところまで肉迫して射込むだけのこと。平八郎様、どうぞご案じあるな」

と、善四郎が頼もしく請け負った。

なにしろ城攻めに、火矢は有効な兵器なのである。

火矢を射込まれると、城兵は消火に追われるから、城壁や柵の防備が手薄になる。火を放置すれば兵糧や弾薬、塒《ねぐら》までが焼けてしまう。かつて野場城《のばじょう》や二俣城に籠った経験のある茂兵衛も、火矢の攻撃には散々苦しめられたものだ。

「城兵の数は二百。それが最前の前哨戦で三十減らした。残り百七十。火矢を射込み、九十挺の鉄砲で撃ちすくめた後、二千人で突っ込めば、必ず今日のうちに落とせる。や、落とさねばならん！」

平八郎が鬼の形相《ぎょうそう》で物頭たちを睨みつけた。

「こんな小城に二日、三日とかけとったら『それ見たことか』と岡崎衆が大喜びしよるぞ」

と、榊原も物頭たちをギロリと睨《ね》め回《まわ》した。

「ほうだら。あんな戦もできん口だけの奴らに、旗本先手役の武威を見せつけてくれる好機だがや。二度と大口叩けんように、違いを見せつけてやれ」

「その通りです。目にもの見せつけてやりましょう」

善四郎が平八郎に同調し、拳を握りしめた。

ただ、そうは言うものの、光明城はそれ相応の堅城であった。

標高五町（約五百四十五メートル）の光明山山頂に立つ城郭は、東西に細長く、長辺が一町半（約百六十四メートル）ほどもあろうか。幾つもの曲輪《くるわ》が連なり、山の斜面を利用した高い土塁や石垣で防御されていた。別《わ》けても、南と東の斜面は急峻で、坂というより崖に近く、攻め上るのは到底無理だ。

「つまり、西から大手門を抜くか、北の斜面をよじ上るかですな」

服部宗助が呟いた。

「大手門は平八郎様が攻め、北斜面には榊原様の隊が取りつく。我々は榊原隊の頭を越して矢を射込むのだ。予《あらかじ》め試射しておいた方がええな」

善四郎の判断で、弓組は光明城の北東に位置する小さな頂まで前進し、陣を敷いた。敵城までの距離は二町（約二百十八メートル）足らずで、少し射ち上げになる。

「届かんこともあるまい」

善四郎は、油を滲みこませた布を鏃の根元に結びつけ、大弓を満月のように引き絞った。狙いはかなり上である。ほとんど太陽に向かって射放つ感じだ。

ヒョウ。

火矢は、大きな弧を描いて空中を飛び、光明城内へ落下して見えなくなった。成功である。

榊原隊が、敵城の北側斜面の下に展開し終えた。約千人の徒武者《かちむしゃ》隊である。この場所からは見えないが、最前列では六十挺の鉄砲が、銃口を城に向け並んでいるはずで、まさに戦機は熟していた。

「ようし、弓組、矢を番えよ」

善四郎の号令一下、三十人の弓足軽たちが横一列に並び、火の点《つ》いた矢を弓に番えた。火矢の場合、弓を引き絞った後は、早めに射らないと左手を火傷《やけど》する。

「弓引け、放て」

ヒョウ。

三十本の火矢が頭上を飛び越していくと、榊原隊の間から野太い歓声が沸き起こった。

ダダン、ダンダンダン、ダダン。

鉄砲隊の斉射音が木霊《こだま》し、功名に飢えた千人の武者たちが、土塁の坂を上り始めた。

「弓引け、放て」

ヒョウ。

再度、三十の炎が弧を描いて飛び、光明城内へと吸い込まれていった。

ダダダン。ダンダンダン。

「うおーッ。えいえい、えいえい」

西側の大手門の方からも斉射の音と、千人の武者が上げる鬨の声が聞こえてきた。

（こりゃ、なんとも酷《ひで》ェ戦いになりそうだら。二千人に鉄砲が九十挺、対する城兵は百七十……いくら堅城でも戦にならんがや）

二町離れて、攻城戦の様子を眺めていた茂兵衛は心中で城兵に同情した。

榊原隊の武者は、土塁の坂を上っていく。まるで、卵殻を割られ溢れ出た子蜘《こぐ》蛛《も》の集団のように見える。本来の城攻めでは、矢弾に当たり、坂の途中から転がり落ちる者、大岩を転がされ、その下敷きになって絶命する者と、阿鼻叫喚《あびきようかん》の巷《ちまた》となるのが通常だ。ところが、城兵の数が足らないものだから、榊原隊士は次々に土塁を上り切って、城内へと消えていく。

「弓引け、放て」

ヒョウ。

気真面目な善四郎は、命令通りに火矢を射込ませ続けている。

「お頭」

「え？」

茂兵衛の呼びかけに、善四郎が振り向いた。

「もう火矢は射込まんでも、ええのではありませんか？」

「なぜだ？　平八郎様は矢の続く限り射込めと仰《おつしや》ったぞ」

「しかし、御覧下さい。榊原隊はすでに土塁を上り切っております。今後はお味方が城内におることになり、我らの矢が味方を射抜くやも知れず」

「なるほど」

茂兵衛が火矢による攻撃の休止を提言したのには、実はもう一つ理由があった。この光明城は、今後は徳川の最前線の城として自分たちが使うことになる。あまり火矢を大量に射込み、せっかくの家屋や兵糧蔵などを焼いてしまえば、また新たに建て直すことになるのだ。ただ、二つ目の理由を善四郎に伝えなかったのは、「家を建てる手間を惜しみ、攻撃の手を緩める」というような話をすると、純粋な義弟は、怒りだしかねないと思ったからだ。

「お？」

大手門の方から歓声が上がった。

城門を破り、平八郎隊が城内に侵入したものと見える。

（勝負ありか……一日はおろか、半日かからなかったな）

「義兄《あにじや》、拙者らも参加しよう」

「配置を動いて、よいのですか？」

「先日の軍議で平八郎様が仰ったろう。戦場では臨機応変じゃ。叱られたら、腹を切ればいいのだから、怖いものなしよ、アハハ」

圧倒的な兵力差があったとはいえ、城一つを落としたのだ。

「勝鬨に参加せねば、働いた気がせんからなァ」

善四郎の気持ちも分からぬではない。

先手弓組の松平善四郎隊は、整然と隊列を組んで光明城へと向かった。

本丸での勝鬨には間に合った。

平八郎が「えいえい」と叫んで拳を突き上げ、皆が「おー」と応じる。これを三回繰り返した。ちなみに、「えいえい」は鋭意の「鋭」を、「おー」は応諾の「応」から来ており、指揮官が兵に士気を問い、兵がそれに答える問答の形式を踏んでいる。

占領した本丸の南端から眺めれば、幾重《いくえ》にも連なる山塊の彼方に、浜松の平野と遠州灘《えんしゅうなだ》、右手には遠く浜名湖《はまなこ》までが見渡せた。

茂兵衛は、兜と面頰を外し「ふう」と大きく息をついた。山頂の風が心地よい。腰の竹筒を外し、喉を鳴らして水を飲んだ。

「ああ、甘露《かんろ》……」

「山の陰になって、ここから二俣城は見通せんようだな」

辰蔵が、小手をかざしながら呟いた。彼もすでに、兜と面頬は外している。

「その代わり、只来城《ただらいじょう》が見える。ほれ、山間《やまあい》を二俣川が流れておろう。あの右上の山頂に見えるだろう？」

「おお、見えた。あれが只来城か……武田の山城だら」

「植田様」

「おう」

服部が茂兵衛を呼びに来た。平八郎が呼んでいるそうな。

「植田、参りました」

平八郎は、二の丸の端に立つ蔵の中にいた。案内役の茅場伝三郎と、なにやら相談している。

「茂兵衛、ちょっとついてこい」

壁板の一部が外されている。隠し部屋の入口になっていたようだ。平八郎が身を屈め、入って行くので、茂兵衛も後に従った。その後に茅場が続いた。

四畳間ほどの狭い隠し部屋の床に、地下へと抜ける穴が掘ってあり、梯子《はしご》が掛かっていた。

「城番の松井宗恒の姿が見当たらんと思ったら、ここから逃げ出したらしいわ」

「抜け道にございますか？」

十段ほどの長い梯子を下りると、短い横穴となり、三間（約五・四メートル）先が明るかった。穴から首を出すと、崖の中腹だ。斜めに下る間道《かんどう》が崖を縫うようにして麓《ふもと》へと続いている。

「御苦労だが、もうひと骨、折ってはくれぬか？」

「松井を追うのですな？」

「うん。城は獲ったが、城将の首は獲れなんだでは、岡崎衆に嘲笑されかねん」

逃げ去った方角から見て、只来城に逃げ込む肚に相違ない。本丸から眺めた一里（約四キロ）南西に立つ山城の姿を思いだした。

「追いつければ、首にするもよし、虜《とりこ》にするもよし、そこはおまんに任せる」

「逃げた敵の数は、幾人ほどにございましょうか？」

「城に残された骸と捕虜を合算すれば、百六十ほどになる。途中の坂で三十人仕留めた。当初の城兵数は二百と聞くから、残って逃げた者は松井宗恒以下十人足らずであろうよ」

「はッ」

辰蔵と服部の二隊二十人を連れて行けば、こと足りるはずだ。

山道の案内は茅場がしてくれるという。赤黒く日焼けした顔に無精ひげ――ほとんど山賊の親分である。不躾《ぶしつけ》に茂兵衛をジロリと睨んできた。

(おいおい、いきなり喧嘩腰かい。平八郎様は、どうしてわざわざ、こんな難しそうな男を案内役に？ ま、喧嘩はこっちが買わなきゃ済む話だけどな)

「茅場とやら、よろしゅう頼む」

「へい、お任せ下せェ」

山賊の頭目が、人懐っこい笑顔で小腰を屈めた。一気にカクッと脱力した。

三

崖を下りきると、間道は深い草叢《くさむら》の中へと消えていた。

踏み分けられた跡がかすかに見て取れる。茅場が身を屈めて、倒れた草を吟味した。

「そう多い数ではございません。十人か、多くても二十」

「通ったばかりか？」

「へい、踏み倒した草が起き直っておりませんので、おそらく半刻（約一時間）は経ってません。それから……」

「それから、なんだ？」

「ほれ」

と、手を突き出して見せた。人差指の先端に赤い血が付着している。

「かなりの出血ですら」

深手を負った者がいるらしい。それもかなり高位の武士だと思われた。無名の雑兵なら城に残って、徳川勢に慈悲を請う方がいい。

「只来城までは一里ある。怪我人もおるなら追いつけるな。よし、急ごう」

辰蔵と服部を促し、藪を漕いで急いだ。

（松井宗恒は、あえて待ち伏せを選んだ男だ。怪我人を連れて逃げるのも辛かろうし、俺らの追跡に気づけば、また同じ手を……待ち伏せをするやも知れねェ）

「茅場」

森の下草の踏み分け道を進みながら、前を行く地侍に声をかけた。

「へい」

「この山道、待ち伏せされたら、どう防ぐ？」

「どう防ぐって……曲がり角、丘の向こう側、大木の陰、兵を隠すのに苦労はしませんからねェ」

「止まれ」

と、右手を上げて立ち止まった。茅場も、後続の足軽隊も歩みを止めた。

「伏兵を警戒せねばならん。俺と茅場が先行する。半町（約五十五メートル）間を空けて続け。周囲に気を配れ。隊の指揮は木戸（辰蔵）が執れ」

茅場を先頭に、次に茂兵衛、富士之介と続いた。富士之介は足軽具足《ぐそく》に槍を持ち、鉄笠を被ってはいるが、身分は茂兵衛の従者である。いかなるときにも彼の配置は主人のすぐ後ろだ。

「富士」

「へい」

「弓兵がおるやも知れん。樹上にも気を配れよ」

「へい、旦那様」

前哨戦の折の騎馬武者の骸を思いだした。近距離から矢を射込まれて絶命したのだ。三間（約五・四メートル）以内で、矢を押し付けるようにして射込まれれば、茂兵衛の北陸製の頑丈な具足でも、防ぎきれないかも知れない。

踏み分け道は小さな沢に突き当たると、そのまま沢に沿って下っていた。

「この沢は二俣川に流れ込むのか？」

「東へ下ってますんでね。おそらくそうです」

二俣川に出て、川沿いに下れば只来城、さらに下って天竜川《てんりゅうがわ》との出合いに立つのが二俣城だ。

沢を右手に見ながら森の中を進むと、二間（約三・六メートル）先を行く茅場が歩みを止めて振り返った。

「小便が臭います」

小声で伝えてきた。

クンクンと嗅いでみると、茂兵衛の鼻にもかすかに臭った。逃げる敵兵たちの排泄《はいせつ》の痕跡《こんせき》に相違ない。

周囲を探ると、深い草叢の中に、八畳間ほどの広さの開けた場所を見つけた。草がすべて倒れている。

「ここで一息入れたんでしょう」

周囲には、小便の臭いが漂っていた。幾人かの武者が、ここで用を足したものと思われた。見れば、草にべっとりと血が付着している。出血は酷くなっているようだ。

「歩くから傷口が塞がらねェんですよ。たぶん臍《へそ》から下の傷だね。そう遠くには行ってませんぜ」

しゃがみ込んで血痕を調べていた茅場が立ち上がり、周囲を見回した。

そういえば、蟬の声が聞こえない。茂兵衛たちの接近に驚いて鳴き止んだのか、あるいは——

「ね、植田様」

「ん？」

「この怪我人、俺ァ敵の大将のような気がするんですけどね」

用を足す時間も惜しんで逃げてきた一団である。これだけ傷が重いのに、置いていかれないところを見れば、よほどの重要人物であると思われた。

「もし本当に城番の松井宗恒で、見事討ち取れたら、案内役のおまんにもたんまり御褒美がでるぞ」

「へへへ、たまりませんなァ」

山賊のような男が、黄色い歯を見せて笑った——そのとき。

ヒュン。

ガン。

茂兵衛は背後から頭を強打され、藪の中に突っ伏した。目の中に火花が散り、頭が割れるように痛んだ。なにが起こったのか分からなかった。

「て、敵だら！」

朦朧《もうろう》とする意識の中で、富士之介が後続の辰蔵たちに向かい、大声で報せる声が聞こえた。

(矢だ。俺ァ今、矢で兜を射られたんだら)

茅場と富士之介に助け起こされ、ひと心地がついた。敵の射手も、さすがに兜の鉢までは射抜けなかったようだ。

周囲の藪から、十数名の武者が湧き起こった。半町後ろから辰蔵たちが駆けつけてくるまで、この三人で応戦せねばならない。頭を幾度も振って、無理矢理に自分を正気に戻した。

「敵が多い。いちいち刺さずに槍でぶん殴れ！」

と、自ら槍を振り上げ、正面の兜武者に振り下ろした。

ゴン。

膝をつく兜武者を尻目に、槍を横に振り回し、となりの兜武者を薙《な》ぎ倒す。

ギン。

横から突き出された槍の穂先が、茂兵衛の甲冑の胴を滑った。危うく命拾いをした。もう二寸（約六センチ）下を突かれていたら、当世具足《とうせい》最大の弱点である揺糸《ゆるぎのいと》の辺りだった。横腹か腰を深々と抉《えぐ》られていただろう。

「く、糞が！」

恐怖と怒りにまかせて、槍を鉞《まさかり》のように振り上げ、横腹を突いてきた兜武者を叩き伏せた。

そこへ辰蔵たちが駆けつけ、数の上での形勢は逆転した。ただ、敵はほぼ全員が兜武者である。光明城を指揮していた侍衆と、その郎党だろう。対する茂兵衛側の兜武者は三人だけ、後は皆軽装の足軽たちだ。数こそ多いが、油断はできない。

「そりゃ！」

大身槍《おおみやり》が突き出され、茂兵衛は間一髪、太刀打ちの辺りで穂先をいなした。見れば、頭形兜の大柄な武者だ。いなされた頭形兜はたたらを踏んだが、かろうじて踏み止まり、そのまま肩から体当たりしてきた。

ドスン。

相手の全体重をまともに受けてしまい、茂兵衛は無様に撥ね飛ばされた。

（ま、まずい）

尻もちをついた茂兵衛の上に、頭形兜が圧《の》し掛かってくる。双方、槍を捨てての格闘戦だ。頭形兜が茂兵衛の胸の上に跨り、右膝で茂兵衛の左腕を封じた。なにやら短刀のようなものを右腰から右手で引き抜き、逆手のまま振りかぶる。

（よ、鎧通《よろいどお》しだら！）

細く短く、肉厚の巨大な錐《きり》のような短刀である。格闘戦時、鎧の隙間から突き刺すことに特化した必殺の武器だ。最近は戦場で見ることも少なくなったが、心得としては、刀とは逆の右腰に佩《お》びる。

そんなもので刺されたらたまらない。自由になる右手を伸ばし、鎧通しを持つ相手の右手を摑んだ。籠手《こて》の紐に指を通し、振り払われないようにする。

「放せ、糞があッ！」

と、怒鳴られたが、放せば刺される。金輪際放さない。

頭形兜が左手で茂兵衛の顔面をガンガンと殴ってきた。面頬は着けているが、殴られる度に、内側の突起部が容赦なく顔にめり込んだ。

「富士之介、助太刀せよ！」

と、従者を呼んだが返事はない。ただ、富士之介を恨んではならない。ここは戦場なのだ。己が命は己で守るのが鉄則である。

そのとき、頭形兜の右膝に強く押さえつけられていた左腕が少し動いた。揉み合ううちに隙間ができたようだ。

（しめた！）

膝下から引き抜くと同時に、左手を目の前にある敵の無防備な股間に突っ込み、陰嚢《ふぐり》を鷲摑みにした。

「ぎゃッ」

「おらァ！　握り潰したるぞ！」

一瞬、急所を摑まれた頭形兜の力が弱まる。右手を外し、下から敵の喉垂《たれ》を摑んで引っぱった。頭形兜は横倒しになった。間髪を容れずに、今度は茂兵衛が圧し掛かる。幸いにも右膝で相手の左腕を押さえ込めた。鎧通しを握る敵の右手首を両手で摑み、剛腕にものを言わせ鎧通しを奪い取り、喉垂の横を狙って幾度も突き刺した。

「……ふう」

動かなくなった頭形兜の上に、茂兵衛は崩れ落ちた。べっとりと血に濡れた手を拭うこともせず、動かずにいた。息ができない。心臓の音が聞こえる。頭の中で蟬が鳴いている。

「あ、危なかったなァ」

思わず呟いた自分の声が、面頰の中で反響した。

顔を上げると、沢を下って逃げていく二人の武者の背中が目に入った。

小柄な武者が、槍を杖に、一人を支えながら藪の中を下っていく。

(片方の野郎は大怪我してやがる。松井山城守《やましろのかみ》に相違ねェ。ハハハ、平八郎様の御期待に応えられそうだぜ)

最前、どうしても「城番を逃がしたくない」と茂兵衛に松井追跡を命じた平八郎の顔が蘇った。

フラフラと立ち上がり、刀の位置を正し、槍を拾って沢筋を駆け下った。

「待たれよ」

と、背後から声をかけると、二人の武者は足を止め振り返った。この二人、よほど疲労困憊《ひろうこんぱい》していると見え、すでに兜や面頰は脱ぎ捨てている。

一人は太股の傷から酷く血を流す中年の侍、一人はまだ子供だ。

「それがし、徳川三河守《みかわのかみ》が家臣、植田茂兵衛と申す者。松井山城守殿とお見受け致す。詮無い抵抗は止め、投降されよ。我が殿は決して無慈悲なことはなされませぬゆえ」

少年が槍を構えた。

「尋常に勝負！」

「小僧、止めておけ。俺ァ十七の歳から、もう十二年も人を殺して暮らしてるんだ。おまんの敵《かな》う相手ではない」

少年の身の丈は五尺（約百五十センチ）に届かない。茂兵衛より一尺（約三十センチ）以上も低い。経験の差も体力差も歴然だった。

「えいやッ」

少年が穂先を突き出してきた。ふにゃふにゃだ。狙いも、鋭さも、修業が足りない。茂兵衛の配下なら、どやしつけているところだ。茂兵衛は突き出された槍の柄を摑み、片手で前後に揺らして翻弄し、少年に尻もちをつかせた。

「は、橋之助《はしのすけ》！」

侍が少年に声をかけた。少年は跳び起きると腰の刀を抜いて構えた。徹底抗戦する気らしい。

「おまんの忠義心は認めるが、それも程度問題だら。ゆき過ぎると阿保に見えるぞ。おまん、松井殿の近習か？」

「松井山城守宗恒が一子、橋之助！」

（お、親子かい……そら、参ったな）

重傷を負った父を守ろうと、敵いそうもない相手に挑みかかる少年──健気ではないか。茂兵衛の父は、茂兵衛が十三歳のとき流行病《はやりやまい》で死んだ。父は、貧乏な一介の百姓に過ぎなかったが、決して嫌な奴ではなかった。茂兵衛は必死に看病したが、結局、死神から父を守ることはできなかった。

（ま、俺のことは兎《と》も角《かく》、この小僧、殺すには惜しいや）

茂兵衛は、背後を振り返って見た。森の中での戦いは続いており、誰もこちらを見ていない。

（本当に俺ァ、侍より坊主向きかも知れねェ。平八郎様、御勘弁のほどを……ナンマンダブ、ナンマンダブ）

「おい小僧、おまんの孝心に免じ、今回は見逃してくれる。父御《ててご》を大事にせよ。行け！」

早口にそれだけ言い残すと、茂兵衛は踵《きびす》を返し、坂を駆け上がった。

「う、植田茂兵衛殿！」

背後からか細い声に呼び止められた。足を止め振り返る。声の主は、深手を負った松井山城守だ。

「お名前、生涯忘れませぬ」

父子は並んで、茂兵衛に頭《こうべ》を垂れ、合掌していた。

(俺ァよくよく敵から拝まれるなァ。いよいよ坊主に向いとるら)

面頬の中で、姉川戦《あねがわのいくさ》で見逃してやった弓名人の猟師のことを思いだしていた。

四

六月一日の軍議から十日で光明城は落ちた。準備に九日、攻撃はわずか一日である。正確に言えば、半日もかからなかった。本多平八郎と榊原康政が率いる旗本先手役の図抜けた強さを示した格好だ。

ただ、家康は平八郎たちの戦果を、のんびり待っていたわけではなかった。軍議翌日の六月二日には、二俣城攻略の本陣を、二俣城南方の鳥羽山《とばやま》に置いていたのである。

さらに、二俣城を取り囲むように、北方五町（約五百四十五メートル）には蜷《にな》原砦《はらとりで》を、東方六町（約六百五十四メートル）には毘沙門堂砦《びしゃもんどうとりで》を、西方六町には和田《わだ》ヶ島砦《しまとりで》を築かせていた。鳥羽山でも築城は進んでおり、二俣城を東西南北から陣城で囲み、攻め立てる策である。

ちなみに現在、浜松市天竜区の鳥羽山城祉と二俣城祉は陸続きであるが、当時は二俣川の流れに隔てられていた。二俣川と天竜川の合流点は、今より四半里（約一キロ）北西にあり、西に流れた二俣川が両城を隔てていたのだ。

平八郎ら旗本先手役の諸隊が凱旋してくると、家康は平八郎を毘沙門堂砦の、榊原を和田ヶ島砦の城番に据えた。鳥羽山城には大久保忠世が、蜷原砦には忠世の弟で、勇猛さと槍働きで名高い大久保忠佐《おおくぼただすけ》がすでに赴任していた。

この四人の城番は、徳川家臣団の中でも特に武勇に優れた戦上手《いくさじょうず》だ。後年、四人とも「徳川十六神将」に名を連ねている。彼らが陣城を拠点に、四方から攻めかかれば、いかに堅城といえども「早晩、必ず落とせる」と家康は目論《もくろ》んでいた。

しかし、二俣城はなかなか落ちなかった。

南東側にある大手門が、ほとんど唯一の出入口であり、城門までは比高十間

（約十八メートル）の急坂が続いていた。矢倉に飛び道具と人数をかけられると、容易《たやす》くは上ってゆけない。

東側は、比高が二十間（約三十五メートル）もある急峻な土塁で守られていた。斜面は、切株はおろか雑草すら丁寧に抜かれており、剝《む》き出しの土壁はつるつるとよく滑った。

眼下を天竜川が流れる西側に至っては攻める気すら起こらなかった。川面《かわも》からの比高が二十五間（約四十五メートル）ほどもあり、完全なる崖である。

唯一、北方からのみは、尾根続きに侵入可能だったが、幾つもの深い堀切《ほりきり》が設けられ、尾根筋は巧妙に寸断されていた。

三年前の元亀《げんき》三年（一五七二）、松平善四郎は城将の一人としてこの城に籠城した。城代の中根正照《なかねまさてる》も副将格の青木貞治《あおきさだはる》も、直後の三方ヶ原戦で討死しているので、生き残りである善四郎に声がかかった。二俣城の特性を語れと家康から呼び出されたのだ。当時、足軽小頭として共に籠城した茂兵衛も同道することになった。

鳥羽山の本陣に入ると、家康と酒井忠次、鳥羽山城代の大久保忠世が迎えてくれた。

「城内には、本当に井戸がないのか？」

家康が善四郎に質した。

「はッ。岩山の上に建てた城ゆえ、井戸を掘っても、岩に当たるのみにございまする」

「三年前は、水取り櫓を壊されたそうじゃのう」

「勝頼めにしてやられました。天竜川の上流から大筏《おおいかだ》を一気に流され、水取り櫓の基礎部を破壊されましてございます」

「渇き攻めか……籠城側の対策は？」

「雨樋《あまどい》を増やし、雨水を地下の大甕《おおがめ》に溜める工夫がございましたが、籠城期間は十月十四日から十二月十九日まで、雨が少ない時季ではございました」

「今は六月。まだ雨は、しばらく降りますな」

酒井忠次が呟いた。

「ま、夏場は日照りも続くし、汗もかくようになる。水取り櫓を再建した様子もないが、雨樋をさらに増やしたか？」

「武田には、金山で働く土掘り人足も多いと聞き申す。岩盤を削って井戸を掘ったのかも」

と、大久保忠世が家康を見た。

「ま、外からは窺い知れぬが、なにがしかの手当はしてあるのだろう……植田」

「はッ」

「お前の見る範囲で、三年前と城はなにか変わったか？」

「はッ。北側の尾根筋、堀切が明らかに大きく、深くなってございます。また切《きり》岸《ぎし》との併用も見られ、攻める御味方はよほど難渋するかと推察致しまする」

堀切は、尾根筋を掘削し、敵の進路を断ち切る防御施設だ。切岸は、なだらかな斜面を掘削し、急峻な人工の崖となす工夫である。ともに、自然の地形を利用する山城によく設けられた。

「武田側から見ても、北側の尾根が弱点と見えたのだろうさ。大久保、弟によう伝えておけよ」

「ははッ」

蜷原砦の城番は大久保忠世の実弟である大久保忠佐だ。まさにその北側の尾根筋からの攻撃を指揮する立場なのだ。

「善四郎、武田の城番である依田信蕃について、なんぞ聞いておるか？」

「三年前、最初、軍使として大手門下に来たのも、開城の折に来た軍使もまた依田殿であったやに記憶しておりまする」

「ほう、よほど信用の置ける男なのだろうよ。植田は？」

「はッ。開城の交渉に当たった副将格の青木貞治様から伺いましたが『依田信蕃は、坊主のような男である』と」

「坊主のような？　慈悲深い、或いは思慮深いという意味か？　齢《よわい》は？」

「三十少し手前かと……ちょうどそれがしと同年齢に見受けられました」

「お前、面《つら》を見たのか？」

「面頬を外したお顔を、一度だけ」

「どんな面だ？」

「どんなと申されましても……穏やかで、聡明そうな」

「坊主風か？」

「そう申されれば、確かに」

うん、と茂兵衛に頷いた後、爪を噛みながら、うつむいて考え込んでいたが、やがて顔を上げた。

「左衛門尉！」

「はッ」

急に指名された酒井が、家康を見た。

「依田家は、長年の武田家譜代と聞く。さぞや難しかろうが、水面下で依田への調略も進めておけよ。死んだ青木貞治の見立て通りなら、無血開城の目もなくはない。和戦両様で参ろう」

「ははッ」

「以上だ。皆の者、大儀」

と、家康が立ち上がり、一同頭を垂れた。


二俣城の攻城戦が膠着すると、家康は焦りを感じ始めた。大久保忠世以下の四砦の城番たちを呼びつけ、厳しく叱責することも珍しくない。

「殿様は、どうしてあんなに荒れておられるんかね？」

丑松が茂兵衛に質した。

場所は毘沙門堂砦の矢倉の上だ。丑松、辰蔵と三人並んで六町（約六百五十四メートル）先の二俣城を見上げている。入道雲と青い空、周囲の森では夏蟬が此処《こ》を先途《せんど》と鳴き交わしている。季節は盛夏だ。

善四郎率いる先手弓組は、平八郎が城番を務めるここ毘沙門堂砦に配属されていた。彼我《ひが》の間には二俣川が流れており、最前線というほどの緊張感はない。

「そらなァ。所謂《いわゆる》『内憂外患《ないゆうがいかん》』というやつよ」

「なんだ、それ？」

丑松が怪訝そうな顔をして兄を見た。

「だからよ……」

家康には、宿敵武田勝頼の他にも、気を遣うべき相手が二つある。猜疑心の強い同盟者と浮気な領民だ。

「つまり殿様は、信長《のぶなが》と遠江の民から嫌われまいと必死なのよ」

「ま、そこは分かるら。お労《いたわ》しいことだがや」

丑松は深く頷き、少し顔を顰《しか》めてみせた。

その上さらに、最近では、西三河の岡崎衆という内部の不平分子にも配慮せねばならなくなってきた。

本来は味方のはずの三者に気を配った上で、難敵武田勝頼と対峙する——家康も苦労人である。二俣城攻めに愚図愚図《ぐずぐず》していると、敵からは侮《あなど》られ、味方からは見捨てられたり、謀反や一揆を起こされかねない。

「必要なのは戦果だ」

と、最近の家康は度々口にするようになっている。

家康が軍勢を動かして、合戦で勝頼に勝利するなり、武田側の城を獲るなり、領地を広げるなりすれば、造反する岡崎衆は兎も角、信長や遠州民の支持はすぐにも回復しよう。具体的には、目の前の二俣城を奪還するのが、一番わかり易い戦果と言えた。

「ふん、そんなにアタフタせんでも、殿様はなんでも上手くいっとるがね。長篠で大敗した勝頼は、しばらくは大人しくしとるさ。なにも今、慌てるこたァねェんだ。このまま腰を据えて、じっくり二俣城を落とせばええら」

と、辰蔵が主君家康の動揺を冷笑した。家康は「目に見える戦果」を性急に欲しているし、茂兵衛も「その方がええ」と感じている。家康と茂兵衛と辰蔵、三人のうちで一番胆が据わっているのは辰蔵かも知れない。

「ときに、辰よ」

「あ？」

間の抜けた返事が戻ってきた。

「もう六月も終わるが……おまん、タキとの祝言はどうなった？」

「あの城を落とすまでは、それどころではあるめェ」

六町先の二俣城へ向けて顎をしゃくってみせた。

「悠長なことをゆうとると、タキが心変わりするぞ。女なんてものは、いけるときにガブッといっとかにゃ取り逃がすがや」

「ふん、偉そうに。ガブッといかんで女に逃げられたのはおまんだろうが⁉」

「うっ……」

だめだ。辰蔵には綾女との経緯をすべて知られている。茂兵衛は、攻め手を変えた。

「このアホォを見ろ」

「兄《あに》ィ、アホォとは、俺のことか？」

丑松が、屈託のない笑顔で茂兵衛に振り向いた。

「肥《ふと》り肉《じし》の色っペェ女房殿から言われ、髭まで生やしおった」

と、弟の口髭の端を軽く引っ張った。

「い、いてェよ、兄ィ」

丑松は新妻に強く勧められ、鼻の下に髭を蓄え始めている。滋養のある食事を摂っているせいか血色もよく、精神的にも落ち着いて堂々として見える。

かつて故郷の植田村で「のろ丑」やら「馬鹿松」と呼ばれ、虐められていた百姓の次男坊には到底見えない。

「兄ィよ」

「あんだよォ」

「俺よォ。へへへ、ものすごく幸せだら、ヒヒヒヒ」

「ああ、ほうかい。そら、よかったな」

と、弟の脂下《やに》がった笑顔が忌々しく、月代《さかやき》の辺りをペチンと叩いた。

五

毘沙門堂砦に詰める善四郎と茂兵衛は、再び鳥羽山城の本陣に呼び出された。使いの者は「あくまでも内々に……この儀、他言無用にお願い致す」とまで申し添えたのだ。よほどの機密に関わる話らしい。

「なんだろうか義兄《あにじゃ》。拙者、なんぞ失敗したかな？」

「殿様が我らを叱責されるお積りなら『内々に』とは申されますまい。堂々と大っぴらに叱り飛ばせばええ。ご案じあるな、さ、参りましょう」

そんなことを言いながら、従者も連れず、二人で馬を駆った。

鳥羽山城は、半月前に訪れたときとは違い、城らしい体裁が整いつつあった。環壕《からぼり》や矢倉といった防御施設だけでなく、本丸御殿のような居住施設までが粗削りだが一応は完成していた。初々しい木の香りが漂う一室で、家康は待っていた。

「よう来たな、善四郎、植田」

家康はニコニコと上機嫌で二人を迎えて、早速、用件に入った。

「善四郎は浜松と岡崎、二つの城で、ワシと信康、二人の主《あるじ》に仕えた」

「御意ッ」

善四郎が頭を垂れたので、茂兵衛もそれに倣った。二人とも甲冑を着けているので、平伏はできない。

「昨今、浜松城と岡崎城との間に不和が生じておる……お前も気づいておろう」

「いささか」

「表面上は、戦場での配置がどうの、先鋒がどうの、殿軍《しんがり》がどうのという不満のぶつけあいのようだが、実は根が深い」

「と、申されますと？」

「御一門衆じゃよ……」

御一門衆とは、松平諸家を指す。

松平氏は元々、三河国加茂郡《かもぐん》松平郷に盤踞《ばんきよ》する小豪族であった。三河国守や室町幕府重臣の被官として力を蓄え、台頭し、家康の祖父の代には、西三河一帯を平定するまでになった。その間、数多《あまた》の傍流や庶流が生じ、一般に十八松平家とも、十四松平家とも呼ばれる。善四郎の大草《おおくさ》松平や長篠で討死した松平伊忠《これただ》の深溝《ふこうず》松平などがそれだ。

宗家である徳川家——厳密には安祥《あんじよう》松平家なのだろうが——に対する彼等の親疎の度合いは、決して一様ではない。忠実な松平もあれば、反抗的な松平もあった。実は善四郎の大草松平などは後者の代表格で、三河一向一揆の際には家康に弓を引き、敗れると当主は許しを請うこともなく逐電した。激怒した家康は大草家の所領を没収——善四郎の家が貧しかった所以《ゆえん》である。

「ま、ワシも人の子じゃからな。気の合う松平だけを浜松に連れてきて、苦手な松平は岡崎に置いてきたのよ。今にして思えば、これが拙《まず》かった」

彼らも家康の実力は、それなりに認めており、表面上は臣従しているように見える。しかし、元々家康と反りの合わない連中である。自分たちが徳川家の主流から外されているとの認識は持っていて、なにかのきっかけがあれば、反目しかねない。

「仮に、もし奴らが、まだ若い信康を担ぎ、浜松に反旗を翻すようなことになればどうなる？」

「信康公御謀反など、あり得ぬことにございます」

驚いた善四郎が、大声を上げようとして分別が働き、声を絞った。

「ハハハ、仮にの話じゃよ」

家康が寂しげに微笑《ほほえ》んだ。

武田信玄《しんげん》は父信虎《のぶとら》を追放したし、長男義信《よしのぶ》には腹を切らせた。美濃《みの》の斎藤義龍《さいとうよしたつ》は、父道三《どうさん》を殺した。親子兄弟間での殺し合いなど珍しくもない。この殺伐とした時代、倅《せがれ》の信康に謀反を起こされる——との家康の不安は、決して杞憂や被害妄想ではなかったのである。

「なんぞ、そのような兆候がございますのか？」

善四郎が、家康の顔を覗き込んだ。

「ある、と言えばあるし、ない、と言えばない」

（まるで、禅問答だら）

茂兵衛は肚の中でニヤリと笑った。

「ワシの耳には様々な話が入ってくる。岡崎城は平穏無事というのもあれば、明日にも兵を出して東に走り、浜松城を囲みそうな勢いという話もある……要は分からん。ただ、西三河衆に不満が溜まっておることだけは確かなようじゃ」

「で、拙者への御用向きは？　拙者は、なにを致せばよろしいのでしょうか？」

不安を覚えた若者が、蚊の鳴くような声で質した。家康が微笑を返した。

「や、話がちと迂遠《うえん》に過ぎた。では率直に言おう。おまん、岡崎城に戻る気はないか？」

「も、戻るとは？」

「信康付きに戻らぬかという意味じゃ」

「それは……その儀ばかりは、お断り致しまする」

言下に拒絶した。

「ハハハ、取りつく島がないな」

家康が艶々と剃り上げた月代を叩いて笑った。

「信康公から御勘気を蒙《こうむ》り、この浜松へと逃げて参った身にございます。今さら帰れと言われましても困りまする」

信康の勘気の原因は「弓」であった。

善四郎は弓を得意としている。他の武芸がからっきしな分、弓に寄せる思いは激しく、かつ強い。こと弓に関する限り、謙遜とか、遠慮とか、控えめという美徳を善四郎は知らない。ときに相手かまわず競争心を剝き出しにした。

一方の信康もまた弓を好んだ。

主従が、弓談義で盛り上がるときはよいが、一旦「どちらの腕が上か」になると双方譲ることをせず、抜き差しならないところにまで至るのを常としていた。見かねた本多平八郎が家康に直訴し、手討ちにされる前に、善四郎を浜松に呼んだ――これが経緯《いきさつ》である。

「あれから三年が経つ。双方初陣《ういじん》も済ませ、大人になった。よい機会だから、年長者である善四郎の方から折れ、弓足軽隊ともども信康の陣営に戻ってはどうか、と申しておるのよ」

かつて信康に小姓として仕えた善四郎だが、年齢は主人より二つ上だ。

「拙者と拙者が率いる弓組の働きに、ご不満がおありなので？」

「不満などない。ようやっておる」

「ならば、今後も今の通り先手弓組のお役目を続けさせていただきたく思いまする」

「岡崎は、だめか？」

「こればかりは」

と、頭を下げた。茂兵衛も倣った。

「困ったのう」

茂兵衛が頭を上げると、家康と目が合ってしまった。

（ま、まずい）

「植田、おまん、なんぞあるか？」

「さ、左様にございますな……」

足軽から馬乗りの身分に出世した茂兵衛に反感を持つ者は多い。よって日頃城内では、出しゃばらず、目立たずを旨としている。いつもなら「なにもございません」と平伏して受け流すところだが、今回は善四郎の身の振り方が絡んでいる。義兄として、逃げてばかりはいられない。

「あ、一つ伺いとうございます」

茂兵衛が質した。

「最前の、御宗家に造反する御一門衆のお話と、松平善四郎の岡崎への配置換えのお話、どこでどのように繋がっておるものでしょうか？」

「なるほど」

家康が、困惑の表情を浮かべて首の後ろを掻いた。

「仲違いしていた善四郎の方から頭を下げてくれれば、信康の溜飲も大いに下がり、浜松衆と岡崎衆との和解のきっかけにもなろうかと思ってのぅ」

（本当か？　随分と生温《なまぬる》い理由だら）

との疑念が湧いた。

「それとだ……」

家康はここで、少し間を置き、静かに息を吐いた。

「ま、よき折に、信康と西三河の松平衆の消息などをワシに報せてくれれば、それはそれで助かる」

「消息と申しますと？」

「誰ぞ、さしたる用事もなく頻繁に信康を訪ねる者がおるとか、誰と誰が敵対し、誰と誰が馬が合うようだとか……」

「つまり、殿は拙者に、間者や隠密の真似事をせいと仰せなのですか！」

善四郎が顔色を変えた。

「これ、言い方が悪い。間者でも隠密でもない。おまんは正式な物頭として弓組を率いて岡崎に赴任するのじゃ」

（なぜ、その手のお役目に善四郎様を据えるかな？　不向きだと思うが、殿様のお心が分からねェ）

脳裏に、乙部八兵衛《おとべはちべえ》のにやけた顔が浮かんだ。口八丁手八丁の乙部は現在、隠密の元締めのような役目についているらしい。深溝松平の家臣だか、家康の直臣だかもよく分からない。

（ああいう調子のええ野郎こそ、隠密、間者には向いとると思うがなァ。善四郎様や俺には、とてもじゃねェが乙部八兵衛の真似はできねェだろうさ）

「拙者、非力とは申せ、あくまでも武人として戦場に生き、戦場に死にとうございます」

善四郎は、半分涙声になっている。

「それはおまんの趣味趣向であろうが。お役目に好き嫌いが許されるはずもない。このたァけ、童《わらわ》の遊びではないのじゃぞ！」

主人の勘気に、義兄弟《きょうだい》そろって頭を下げ、床を見つめた。

そのまま、四呼吸ばかり誰もなにも言わなかった。熱いさ中だが、冷たい空気が主従の間を吹き抜けた。

「ま、嫌な役目を無理矢理やらせても上手くはいかんものよ。では、岡崎に参ることは堪忍して遣わす。おまんは今まで通り先手弓組を束ねてゆくがよい」

「あ、有難うございまする」

善四郎が頭を深々と垂れた。茂兵衛もこれに倣った。

「その代わり、とゆうては語弊があろうが……善四郎、お前、嫁を貰え」

「はあ？」

「年は二十歳《はたち》で、おまんより一つ上じゃ。なかなかに美しい姫君でのう」

「はあ」

「大給《おぎゅう》家の松平真乗の妹で……」

ガシャ。

善四郎が大きく仰《の》け反《ぞ》り、具足が鳴った。

「お、お、お断り申し上げまする」

「これ善四郎、最後まで話を聞け！」

家康が扇子《せんす》で善四郎を指し、強く咎《とが》めた。

「いいえ。大給の源次郎様と拙者は馬が合いませぬ。と申すより、源次郎様は拙者のことが大嫌いのはず。拙者に妹御をくれるはずがございませぬ」

「主命でもか？」

「し、主命？」

善四郎が言葉を飲み込んだ。

「真乗も初めは難色を示したが、最後は首を縦に振ったぞ？」

「え……」

どうやら、外堀はすでに埋められているようだ。これは明らかに政略結婚である。松平真乗は西三河の不満分子の旗頭の一人である。先手弓頭として家康の側近くに仕える善四郎との縁組は、真乗を調略するための第一歩と見ていい。

「もしおまんがこの話を飲んでくれれば、お前に褒美を取らせようではないか」

「御褒美を？」

「うん。お前にと申すより、お前ら兄弟への褒美となる。おまんの姉御も大層喜ぶに相違ない」

「あ、姉が？」

善四郎が茂兵衛に振り向いた。目が合ったが、茂兵衛にも先は読めない。首を捻るしかない。

「植田は使える男じゃ。しかし、武家の出ではない。実は今、植田を正式の物頭に推す声があるのだが、出自云々を申し立てる者も多い。世の中とはことほど左様に了見の狭いものよ。だがな、ワシは誰がなんと言おうと、植田を物頭に、足軽大将に補するつもりでおる。今すぐではなくとも、近々にな。これこそが、善四郎が真乗の妹を娶《めと》る褒美というわけじゃ。わかるな？」

狡猾な手段である。義兄の出世を餌に、善四郎に、意にそぐわない結婚を強《し》いる――かなり卑怯だ。

「お、畏れながら……」

「たァけ。植田は黙っとれ！　ワシは今、善四郎と話しておる」

たまらず言葉を挟もうとした茂兵衛を、家康が怒鳴りつけた。

「どうする、善四郎？」

「う、植田を足軽大将にしていただけるのですね？」

「や、お頭……」

と、後方から善四郎の草摺《くさずり》を摑んで引くと、家康が目を剝いて激怒した。

「植田は口を閉じよ！　今度なんぞ口走ったらその首を刎《は》ねる！」

と、茂兵衛を睨みつけておいて、善四郎には優しく微笑んでみせた。

「な、善四郎よ。足軽大将の件、ワシが請け合う」

「近々にとのお話でした」

「うん、近々にじゃ」

「……」

また善四郎が茂兵衛を振り返って見た。茂兵衛は必死で首を横に振った。

「植田、そこになおれ！」

家康が飛び上がり、脇差を抜き、茂兵衛に向かって二歩踏み出した。

「し、承知致しました！」

善四郎は慌てて平伏しかけたが、甲冑を着けているので体が曲がらない。止むを得ず、頭だけを深く下げた。

「なにを承知したのか⁉」

「拙者、大給の姫君を、頂戴いたしまする」

「確かに、娶るのじゃな？」

「はッ」

茂兵衛が顔を上げかけると、家康が睨む。慌てて、平伏する。

「夫婦《めおと》になるのじゃな？」

「ははッ」

「ほうか、ようゆうた」

満足そうな笑顔を浮かべ、家康が脇差を鞘に納めた。

鳥羽山城から毘沙門堂砦へ戻る道すがら、茂兵衛と善四郎は轡を並べて馬を進めた。快晴の夏空から入道雲が見下ろしている。

「それがしの出世と引き換えに、お頭が意にそぐわぬ縁組をされるのかと思えば心が痛みまする。本当に申しわけございません」

と、手綱を手にしたまま幾度も首を垂れた。

「気にするな」

と、鞍上で義弟が明るく笑った。

「殿の前ではつい意固地になったが、考えてみれば悪い話ではない。いつも拙者が義兄《あにじゃ》に世話をかけてばかりいる。初めて恩返しができそうで、むしろ拙者は嬉しい。殿はなかなかの美形と仰っていたし……大給の兄貴は気に食わんが、ま、あの頑固者と夫婦になるわけではないからな、ハハハ」

家康は明日から奥三河の野田城《のだじょう》へ出向く予定だ。

岡崎城からは、信康と付家老の石川数正がやってくる。父と子が、岡崎城と浜松城のほぼ真ん中にある野田城で落ちあい、喫緊《きつきん》の課題について意見を交わす場を設けるそうだ。

鳥羽山城から野田城まで九里（約三十六キロ）ある。炎天下の強行軍に、家康は本多平八郎の騎馬隊と善四郎の弓組を護衛として同道することにした。

# 第二章　信康という男

## 一

家康は、我が子に会うのに、千人からの浜松《はままつ》衆を連れて行った。

馬廻衆の他に、本多平八郎が指揮する先手の騎馬隊、六十挺の鉄砲と三十張の弓等々――暑いさ中、領内を移動するのに、全員が甲冑《かっちゅう》着用を指示された。小城の一つや二つは軽々と落とせそうな陣容だ。

無論これは、岡崎《おかざき》衆に対する示威《じい》である。家康が武威《ぶい》を誇示《こじ》することで、岡崎衆の造反を抑止しようとの策だ。

「弓組、前へ」

馬上の善四郎が号令を発すると、各小頭《こがしら》の命を受け、練達の弓足軽たちが粛々と歩き始めた。平八郎の騎馬隊の後に鉄砲が二組続き、弓組はそのすぐ後だ。

今日は曇天《どんてん》で、陽射しがないのは有難いが、その分、湿気がもの凄い。汗も蒸発しないから、とことん気分が悪い。こんな環境の中、九里（約三十六キロ）先の野田城《のだじょう》を目指すのかと思えば気が滅入った。

本坂道《ほんさかどう》を浜名湖畔《はまなこはん》まで南西に進んだ。三ケ日《みっかび》の都筑《つづき》で一泊。翌朝、本坂道を離れて北西の道へ入ると比高一町半（約百六十四メートル）の宇利峠《うりとうげ》を目ざし、道は徐々に上り始めた。

「おい、茂兵衛、ちょっと来い」

前方で平八郎が手を振っている。その大音声《だいおんじょう》に、周囲の森で長閑《のどか》に鳴いていた蟬《せみ》たちがピタリと鳴き止んだ。

茂兵衛が愛馬青梅を進めようとすると、善四郎が「拙者も参る」と鐙《あぶみ》を蹴った。平八郎は退屈しのぎの話し相手として茂兵衛を呼んだのだろうが、茂兵衛が行けば善四郎もついてくるし、茂兵衛と善四郎の槍持ちと轡《くつわ》持ちも大汗をかいて走らねばならなくなる。都合六人と馬二頭の大所帯で賑々しく駆けつけることになった。

「お呼びで」

「おう」

それだけ言って、平八郎は黙って馬を進めている。しばらくして、振り返って茂兵衛を見た。

「暇だなァ」

「さ、左様で……」

轡持ちの三十郎と、槍持ちの富士之介が鉄笠の下で息を整えている。ご苦労なことだ。

「こら茂兵衛、なんぞ癒される話はないのか？」

「い、癒される話にございまするか」

茂兵衛は困惑した。善四郎と大給の姫との縁談は興味深い話題だと思うが、まだ公式に発表されてはいないし、第一、横にいる善四郎が嫌がるだろう。蒸し暑い行軍、この先に戦《いくさ》が待っているわけでもない。平八郎の機嫌は最悪のはずだ。ここで下手な話をすると、平八郎は益々不機嫌になる。しかも、平八郎にとっての「癒される話」とは、通常のそれとは大きく異なるのだ。誰それが殴り合ったとか、死んだとか、化けて出たとか、その手の話題で大笑いしたいだけなのだから。戦場での名指揮官ぶりが嘘のように、平時の平八郎は、率直に言って、傍迷惑《はためいわく》この上ない、大きな赤ん坊であった。

「あ、そうそう……横山左馬之助《よこやまさまのすけ》殿はいかがされましたか？」

「左馬之助は、岡崎だら。信康公の馬廻衆に納まっとるがね」

岡崎の言葉が出た途端、傍らで善四郎が呟こんだ。

「大丈夫か？」

平八郎が、善四郎を気遣った。

「ええ、はい、なんでもございません」

横山左馬之助と茂兵衛には因縁があった。十二年前の永禄《えいろく》六年（一五六三）の十月、三河一向一揆における野場城《のばじよう》籠城戦の折、左馬之助の父である横山軍兵衛《ぐんべえ》を茂兵衛が討ち取ったのだ。当時茂兵衛はまだ足軽で、雑兵に父を討たれた屈辱感から、左馬之助は茂兵衛を強烈に片恨みし、執拗に仇討ちをしかけてきた。一度は、鉄砲で肩を撃たれ、死に損なったほどだ。姉川《あねがわ》の戦場で、平八郎の仲裁を受け、茂兵衛は十年間の猶予を得た。

「確か、十年経って茂兵衛が千石取りの身分になってなかったら、おまんのその首、左馬之助に差し出すとの約定であったな、ガハハ、楽しみだら」

「笑いごとではございません。あれから五年、もう半分が過ぎましたが、それがしまだ百貫（二百石）の分限……とても千石など無理にございまする」

「先のことを案じる奴はたァけじゃ。あと五年、おまんが生きとるかどうかも分からん」

「でも、もし生きていたら？」

「そんときは、約定通りに腹切って死ねばええ。首はワシが引っこ抜いて左馬之助に届けてくれるわ。それだけのことだら」

「それがし、まだ死にたくはございません」

「死にたくないなら、左馬之助を殺せ。約定も糞もなくなる」

「無茶苦茶ですな。左馬之助殿に倅《せがれ》がいれば、それがし、また狙われます」

「おうさ、それが戦国風ってもんだがや」

「義兄《あにじゃ》」

「はい？」

横から、善四郎が話に介入してきた。

「横山左馬之助殿なら、実は拙者、面識があるのだ」

「え、岡崎城でですか？」

「そう。十五の頃にな。たしか拙者より七つ、八つ年長であったと思うが。半年ばかり共に信康公に仕えた」

「なんぞ、それがしのことを？」

ボロクソに言われているのかも知れない。

「や、別に……ま、岡崎城に流れてくるのは、大概、問題を抱えた者が多い。左馬之助殿もそれ相応に……」

「たアけか？　ガハハハ」

平八郎が笑った。

「たアけ、というより、陰鬱《いんうつ》な眼差しで……不気味でございました。あまり朋輩《ほうばい》もいなかったように思います」

「そうそう、奴は色々と思いつめとるからな……茂兵衛、楽しみだのう」

平八郎が、横目で茂兵衛を睨んで、悪戯《いたずら》っぽく笑った。

「他人事だと思って……」

茂兵衛が不満げに嘆息を漏らした。

左馬之助だけではない。最前線や要衝地から遠いことから、軍団としては二線級扱いをされる岡崎衆には怪我人、老人、馬鹿、臆病者など、問題を抱えた者が集まりがちだ。そうなると総大将家康としては、大事な一戦に岡崎衆を起用しにくくなり、結果、外された岡崎衆に不満ばかりが募っていく──極めて悪い循環に陥っていた。

そして、その頭目である信康との会見が目前に迫っている。峠を越えれば、あとは野田城まで一里半（約六キロ）だ。

野田城に入るのは、二ヶ月《ふたつき》ぶりだった。

ここで茂兵衛は鳥居強右衛門《とりいすねえもん》と出会い、岡崎城までの道を疲労困憊《ひろうこんぱい》しながら往復した。長篠城《ながしのじょう》に籠《こも》る味方のために、己が命を投げ出した英雄の最期を、茂兵衛は生涯忘れないだろう。

その後、設楽原《したらがはら》での大合戦となり、茂兵衛は長篠城を打って出た奥平《おくだいら》党とともに戦ったが、強右衛門の勇気に感化され、彼の仇討ちに燃える奥平兵の強かったこと──奥平家では、強右衛門の忘れ形見となった男児を、士分として召し抱えたそうな。茂兵衛はいつの日か、強右衛門の遺児に会い、亡き父の最期の様子を伝えようと思っている。

さすがに、信康は先に野田城に着き、城門で父家康を慇懃《いんぎん》に出迎えた。

「やあ、三郎《さぶろう》殿、息災か？」

信康は日頃、岡崎三郎信康と名乗っている。

「父上こそお元気そうで。長篠以来にございまするな」

城門の前で馬を止めた家康と、付家老の石川数正を従え出迎えた信康の会話である。茂兵衛は幾度か信康を遠くから見ているが、声を聞くのは初めてのことだった。やや鼻にかかった甲高い声だ。残虐だとか、粗暴だとか、色々と悪い噂は聞いているが、声の感じからは明朗快活な好青年との印象を受けた。

家康は、信康と一室に籠り二人きりで密談したが、四半刻（約三十分）ほどで早々に部屋から出てきてしまった。

明らかに苛立っており、茂兵衛たちは顔を見合わせた。本多平八郎や、馬廻衆の日下部《くさかべ》兵右衛門《へいえもん》が話しかけても、家康は押し黙ったままで、返事すらせず、そのまま厠《かわや》へ入り、しばらく出てこなかった。

家康は、午後には野田城を後にした。日暮れ前に野営地の都筑に着くよう下命され、足軽たちは走りに走った。到着したその日ぐらいは、野田城でゆっくり休めると思っていた雑兵たちは不満顔である。

「倅に『岡崎衆の不満を抑え込め』と命じてはみたものの、却って反発されて、苛ついていなさるんだろうよ」

「ウチの殿様も苦労が絶えねェなァ。次から次へと心配事が頭をもたげてきやがるからなァ」

足軽たちの会話を聞きながら馬を進めていると、前を行く平八郎が「確かに」と呟くのが耳に入り、「は？」と茂兵衛は背後から声をかけた。

「確かに、我が殿は苦労が絶えぬお方だら」

平八郎が振り向き、改めて茂兵衛にそう言った。

人質時代は今川に頭を押さえられ、桶狭間《おけはざま》以降、今川の頸木《くびき》から解放されたかと思えば、一向一揆に領国内を掻きまわされた。それを鎮圧した後は武田の圧力と戦い続けることとなり、三方ヶ原《みかたがはら》の大敗により同盟者信長の信用すら失いかけた。長篠でやっと信頼を取り戻したかと思えば、今度は岡崎衆の造反である。

「四、五日前、殿に呼ばれて酒を飲んだのよ。『ワシだけ、どうしてこうも苦労が続くのか。もう嫌になるわ』と酔ってあまりに零《こぼ》されるものだから、ワシがゆうてやったのよ」

「ほう、なんと申されました？」

「人生とは、重い荷物を担いで坂道を上るようなものにござる、とな。殿様いたく気に入られて『その言葉、ワシに売れ』と懐から巾着を取り出された。ま、思い付きで口から出た言葉だから『永楽銭三文に負けておきましょう』と折り合った。ところが殿の巾着に小銭は二文しか入っておらなんでな、結局二文で売ったという次第よ」

「それはそれは……」

永楽銭二文──おおよそ二百円ほどの価値か。

「その御行列、暫時《ざんじ》待たれよ」

と、後方より呼ばわる声がして、浜名湖北岸を目指して急ぐ家康一行を、馬の蹄《ひづめ》の音が追ってきた。騎馬武者がただ一騎、駆けてくる。

石川数正であった。

年齢は家康より十歳ほど年長か。肌の青白い、怜悧《れいり》そうな人物である。

「伯耆、なに用か？」

馬前に片膝を突いて畏まった数正に、家康は感情の籠らない声をかけた。伯耆は数正が僭称《せんしょう》する官位である。

数正は今回、主人家康に無駄足を踏ませたことに関し、付家老職としての力不足を詫びた上で、一つの策を提案した。

「高天神城《たかてんじんじょう》の後詰めの城である諏訪原城《すわはらじょう》を落としてはいかが」

「諏訪原城とな？」

「御意ッ」

諏訪原城は大井川《おおいがわ》西岸に立つ武田側の城である。武田勝頼が高天神城への補給路を確保するため、天正《てんしょう》元年（一五七三）に築城した言わば「つなぎの城」だ。

これを落とすことには、様々な効用があると数正は説いた。

まず、高天神城への補給路を断つのは立派な戦果であり、家康は信長と遠江《とおとうみ》衆の信頼を勝ち得ることができるはずだ。

次に、この城を築城したのは勝頼であり、彼は生母に縁《ゆかり》のある諏訪神社を城内に祀り、諏訪原城とその神名を冠した。この城を落とすことで、勝頼の面目を潰し、心理的な打撃を与えることができよう。

さらに、東遠江の徳川方の拠点である掛川城《かけがわじょう》は西三河衆が守っている。掛川城に信康を同道し、岡崎衆に活躍の場を与えれば、西三河衆にくすぶる不満は解消されるだろう。

三つの論拠を示し、数正は諏訪原城攻めを強く勧めた。

「今囲んでおる二俣城《ふたまたじょう》はいかがする？」

「二俣城は堅固な山城、攻めるには難《かた》い。されど、山城であれば、馬出《うまだし》などもなく、城兵が討って出るには不向きな造りとなっておりまする」

馬出は、出丸《でまる》とも呼ばれ、城門のすぐ前に、環壕《からぼり》と柵を巡らせた簡易な砦を設ける築城法だ。

古来、籠城戦と言えば、城門を堅く閉ざして引き籠るだけの戦を意味した。しかし、馬出の出現により、ときに城兵は寄せ手の隙を突き、討って出て攻撃をしかけることが容易になったのである。

ただ、二俣城のような古典的な山城の場合、城門までの坂道や城門前の広場を故意に狭くすることで、大軍が攻め辛くしてあるのが特徴だ。攻城側の攻め難さは、同時に籠城側の「攻め難さ」にもつながり、馬出を持たない山城が多かった。二俣城にもまた、馬出は無かったのである。

「二俣城の出入口は大手門のみ、あとは四方を崖に囲まれております。攻め落とすのは難しけれど、囲んで封じ込めるのは容易《たやす》い城と推察致しまする」

「うん、つまり少人数でも包囲し、封じ込めておけると申すのだな？」

「御意ッ」

現在、二俣城攻めに家康は五千人の兵を投入している。五千人でもなかなか攻め落とせないのだが、もし城兵を閉じ込めておくだけなら、兵は二千で事足りよう。二俣城を寡兵《かへい》で封じ込めておき、その間に諏訪原城を落とす――十分にやれそうである。

「よう申した伯耆、確かに、諏訪原城攻めには意義がある！」

二俣城攻めの膠着に焦《じ》れる家康である。岡崎衆の不満や造反を解消し、信長や遠江衆に戦果を強調でき、かつ勝頼の面目を潰せる――家康は、数正の策に躊《ちゅう》躇《ちょ》なく乗った。

## 二

七月十五日、家康は信康とともに兵七千を率いて掛川城に入った。

二俣城攻めの指揮は、鳥羽山城《とばやまじょう》に残した大久保忠世に任せてきた。二俣城を囲んだ四つの砦のうち、毘沙門堂砦《びしゃもんどうとりで》の本多平八郎隊と、和田ヶ島砦《わだしまとりで》の榊原康政隊は掛川に同道しているので両砦は空だ。二俣城は事実上、忠世が守る南方の鳥羽山城と実弟の忠佐が守る北方の蜷原砦《になはらとりで》の二つの陣城で囲むことになる。兵力は二城併せても、わずか二千だ。

「三ヶ月《みつき》で戻る。二俣は慌てて落とさんでもええ。ただ、依田を出歩かせるな」

と、家康は大久保に言い残した。依田信蕃は、二俣城に籠る武田側の城番である。つまり、火のように攻めたてる必要はないが、城の包囲は厳重にせよ――大久保兄弟は、そのように家康の言葉を理解した。

武田勢の東遠江の拠点は高天神城である。家康にとっては、北遠江の二俣城とならんで一刻も早く奪還すべき敵城だ。

ただ、この高天神城は、二俣城に勝るとも劣らない堅城なのである。

比高が一町（約百九メートル）もある崖に囲まれた山城で、あの武田信玄すらも攻めあぐねたほどだ。天正二年（一五七四）に勝頼が攻め落としたのも、平押しで攻め獲ったものではない。三方ヶ原戦の後遺症で動きの取れなかった家康を、元は今川侍だった城番が見限り、開城に応じたものである。

ただ、いくら堅城とはいえ、現在の高天神城は敵地で孤立している。

長篠戦の敗北直後であり、勝頼の援軍も望めない。物心両面での頼みの綱は、大井川西岸に立つ二つの城のみだ。一つは諏訪原城、もう一つは小山城《こやまじょう》――この二つの「つなぎの城」からの補給で、高天神城は、かろうじて孤塁を守っている。

今回、家康は諏訪原城に狙いを絞った。二つある補給路のうち一つを潰し、高天神城を心理的に追い詰めていこうとの策である。

家康は、石川数正の提案に従い、西三河衆に花をもたせることも忘れなかった。指揮を信康に委ね数正が補佐する。かつ、松平忠正、松平真乗の両名に諏訪原城攻撃の先鋒を務めさせたのだ。ともに岡崎城に拠る西三河衆の重鎮である。

一方、茂兵衛ら浜松衆は、掛川城内で後詰めに回っていた。

当然、平八郎は不満タラタラだ。朝から酒を飲み「これでは、岡崎衆のゴネ得ではないか。後々禍根を残すぞ」と管を巻いては茂兵衛を困らせていた。

「そもそも信康公は、いかほどの弓取りであられるのか？」

平八郎が、信康に仕えたことのある善四郎に質《ただ》した。

「さて、拙者は信康公の初陣《ういじん》前に岡崎を離れましたゆえ、確たることは申せませぬが、鷹狩りや巻狩りなどでは『勢子の采配が巧み』と重臣《おとな》の方々は大層喜んでおられました」

「ふん、善四郎殿、狩りと戦は別物ですぞ」

「ま、それは分かります」

善四郎は静かに頷き、平八郎の土器《かわらけ》に濁り酒を注いだ。

（ほう、善四郎様は随分と成長された。平八郎様の扱い方も、堂に入ったものじゃねェか）

善四郎が、松平真乗の妹を娶《めと》るということは、岡崎衆と家康の橋渡し役になるということでもある。大きな責任が、少年を大人に変えたのかも知れない。

「や、狩りの采配ぶりだけではなく、信康公は弓の腕も相当なものにござる。通常、飛ぶ鳥を射るのはよほどの手練れ。強《し》いて射る場合でも、雁股《かりまた》や平根《ひらね》などの大きな鏃《やじり》を使いまする。しかし、信康公は、征矢《そや》でツグミを落とされたことがござった。しかもそのときはまだ十四歳、あれから三年、いかほど腕を上げられたか楽しみにございます」

雁股は先が大きく二股に広がっている鏃、平根は扁平に薄く打ち広げられた鏃である。ともに面積が広く、目標に当たる確率が上がる。一方、征矢は、実戦で使われる通常の肉厚で細長い鏃だ。確率よりも、鎧《よろい》を射抜く貫通力が優先された。

「妙だな？」

土器を干した平八郎が呟いた。うつむいたままジッと考え込んでいる。

「いかがされました？」

茂兵衛が気遣った。

「善四郎殿は、信康公に対する評価を変えられたのか？」

「せ、拙者がですか？　なにも変えてはおりません」

「でも、今少し厳しい意見を吐いておられたような覚えがあるが」

「………」

善四郎が返答に困っている。善四郎は、これから信康にも近づかねばならない。以前のように、対抗心剝き出しで「信康公の弓は、大した腕ではござらん」とは言えなくなっているのだ。

「おまんら……なんぞ、ワシに隠してはおらんか？」

「滅相もございません！」

茂兵衛と善四郎が同時に叫んだ。二人とも図星を突かれ、動揺した。

「なんじゃ？」

訝《いぶか》しげに睨まれた。こうなると、酔った平八郎の愚痴は止まらない。

「この頃は殿もワシを除《の》け者《もの》にし、こっそりおまんらだけを呼び寄せ、あれこれと密談しておられるようじゃしな」

「それは……鳥羽山城で、ただの一度だけにござろう」

善四郎が反論した。

「それも、長篠で討たれた鳥居強右衛門の最期を聞かれたのみ。拙者と義兄《あに》はその場におりましたゆえ」

このこと、決して虚言ではない。

鳥羽山城の御殿で、善四郎の岡崎城復帰と嫁とりの話の後に、強右衛門の英雄的最期の話を所望されたのは事実だ。

「先ほどの信康公への評価の件ですが……実は拙者、義兄《あに》と話したのでござる」

善四郎は、平八郎の疑念を晴らそうと必死に言葉を継いだ。

「信康公は、殿の御嫡男、いずれは徳川家を継がれるお方にござる。いつまでも弓の腕を競い、いがみ合っているのは不忠ではないのか、と義兄から諭されましてな」

そう言って善四郎は茂兵衛に目配せした。事実を言えば、そんな話をした覚えはないのだが、ここは話を合わせることにした。

「た、確かに。今後は戦場で信康公の指揮を受けることもございましょうし、善四郎様も今少し、御心を変えられた方が生きやすいのでは？　というような話を致しました」

「ふーん……」

　平八郎が、半信半疑だとでも言いたげに、気のない返事をした。今、自分は大恩人である平八郎にお役目のためとはいえ嘘をついている――茂兵衛の良心がチクリと痛んだ。

　三人はしばらく黙って酒を飲んだ。

「信長は、ほぼ畿内を手中に収めた。北条《ほうじょう》の四代目はたァけだし、武田も落ち目だら。謙信《けんしん》は怖いが、越後《えちご》は半年雪に閉ざされる。西の毛利元就《もうりもとなり》は四年前に亡くなり、九州の大友《おおとも》や島津《しまづ》はいかにも遠すぎる」

　平八郎は、誰に言うとでもなく呟き続けた。

「このまま信長が天下を取って、戦国の世が終われば……」

　平八郎が土器を干した。

「頭のええ男が重宝される。ワシのような武辺《ぶへん》しか能のない男の居場所は無くなり、打ち捨てられていくのだろうなァ」

「なにを仰《おっしゃ》いますやら。少なくとも、あと百年は働いていただかねばなりませんぞ」

「百年か？　長いな、アハハ」

善四郎が気の利いた軽口を言ったので、座は少し和《なご》んだ。

茂兵衛は考えた。もしも本多平八郎が時代遅れとなり、役職を退いて引退することになれば——

(俺も城勤めから身を引き、平八郎様の酒の相手をして余生を送ろう)

そう決心した。今まで自分は恩人たちに助けられ、ここまでこられたのだ。夏目次郎左衛門《なつめじろうざえもん》、大久保四郎九郎《おおくぼしろうくろう》、榊原左右吉《さかきばらそうきち》、松平伊忠《まつだいらこれただ》は恩返しをしたくても、もうこの世にいない。せめて本多平八郎が生きている限り、恩返しを続けることにしよう。事情を説明すれば、寿美は引退を理解してくれるだろう。

「いかがでしょう。まだ昼過ぎ。これから馬を駆って、諏訪原城攻めの現場を物見致しませぬか?」

茂兵衛が提案した。

掛川から諏訪原城まで直線距離で二里半(約十キロ)ほどだ。途中、牧之原《まきのはら》台地を越さねばならぬが、全員が騎馬であれば暗くなる前に戻ってこられよう。物見だけであれば、わざわざ徒歩の従者を同伴する必要もあるまい。

「そらええな。ワシも信康公の采配ぶりを一度見ておきたい。長篠ではほとんど活躍される場がなかったからな」

長篠戦での信康率いる岡崎衆の配置は、激戦地であった高松山《たかまつやま》の後方、大宮川《おおみやがわ》を挟んだ松尾山《まつおやま》で、戦場から随分と離れていたのだ。しかも信長は、徳川勢にも馬防柵から出て戦うことを禁じたので、余計に信康と岡崎衆の出る幕はなかった。彼らが押し出したのは、武田勢が撤収を始めた後のことである。

「三人揃って、持ち場を離れるのだから、一応、殿様には断っておくことにする。なに、物見じゃと言えば、許してくれよう」

そう言って平八郎は家康の居室へ向かった。

三

掛川城の城門を三騎のみで潜った。

東へ向けて馬を駆った。

蟬時雨《しぐれ》の中に、いつしか蜩《ひぐらし》の声が混じり始めている——まだまだ残暑は厳しいのだが、秋は確実に忍び寄っていた。

建前は一応、物見である。気晴らしではない。

三人とも甲冑を着け、平八郎と茂兵衛は槍を、善四郎は重藤《しげとう》の弓を抱えていた。さすがにこの暑さ、面頬《めんぽお》は腰から下げ、兜《かぶと》は背中に背負っている。

今や徳川は、六十一万石の領地を有する。その大国の番頭《ばんがしら》が一人、物頭《ものがしら》が一人、物頭級が一人、もしこの三人を一人で討ち取れば、その者は千石の加増を受けるやも知れぬ。ただし、平八郎と茂兵衛の槍に善四郎の弓だ。足軽十人や二十人では、とても歯が立つまい。

酔いに任せて馬鹿話をしながら馬を進め、半刻（約一時間）ほどで諏訪原城から谷を隔て五町（約五百四十五メートル）ほどの距離にある丘に着いた。ここからなら諏訪原城は見通せるし、銃声や鬨《とき》の声も聞こえる。

先客がいた。近郷の農民たちだ。おそらくは、戦見物《いくさけんぶつ》を楽しんでいたのだろう。得物を抱えた厳めしい兜武者が三騎も現れたので、いつしかこそこそと姿を消してしまった。

戦場全体を離れた場所から眺めることで、寄せ手と籠城側、双方の意図がよく理解できた。

諏訪原城は、牧之原台地の東端、大井川を見下ろす崖の上に聳《そび》えていた。南北東の三方は、比高半町（約五十五メートル）からの断崖に守られており、ここから攻め上ることは躊躇《ためら》われた。西は台地の続きで平坦だが、そこには巨大な堀切《ほりきり》が幾つも穿《うが》ってあった。

「意外に大きな城だな」

諏訪原城の全景を眺めた平八郎が呟いた。

南北に四町（約四百三十六メートル）、東西に二町（約二百十八メートル）ほど。もし山の上から眺めたら、いびつな菱形をしているはずだ。

寄せ手の総大将は松平信康である。

南西側に開いた大手門に向け、三千人ほどの兵で攻め立てていた。六月の軍議で強硬な意見を述べた松平真乗と松平忠正が先鋒だ。岡崎衆の意地を見せんと大手門に殺到している。

片喰紋《かたばみもん》の幟《のぼり》を立てた酒井忠次と笹竜胆《ささりんどう》の幟を翻した石川数正がそれぞれ千人を率い、信康本隊の左右に展開していた。城兵が大手門防衛に集中するようなら、手薄になった環壕を渡って攻め込む姿勢を見せ、牽制している。

「信康公の御馬印は、ちと前掛かりに過ぎやせぬか？」

「ああ、そういえば」

この時代、弓や鉄砲で相手を狙って正確に撃てる距離は、せいぜい半町（約五十五メートル）程度であった。しかし、矢弾を届かせるだけなら、三町（約三百二十七メートル）は優に飛ばせた。貫通力こそ弱まるが、人への殺傷能力は十分にある。だから、流れ弾を警戒し、総大将は城から三町以内に馬を進めないのが心得とされた。

しかるに、諏訪原城攻めの信康は、大手門から一町半（約百六十四メートル）と離れていない場所にまで馬を進めている。流れ弾に当たる危険性を冒しても、麾下《きか》の将兵たちを「身をもって鼓舞する」ということだろう。指揮官先頭を体現した勇気ある行動だ。

「その心意気やよし。なかなかええ。ワシは、あの手の大将は嫌いではねェら。でも……」

平八郎は、それ以降の言葉を飲み込み、善四郎に振り向いた。

「信康公は、確か今年十七であられたな……初陣は天正元年。十五歳か……」

「ただ、実際に采配を執られるのは、今回が初めてにございましょう」

「茂兵衛はどう見る？」

「百や二百を率いるなら兎《と》も角《かく》、三千からの将兵をきちんと掌握しておられます。初めての御采配にはとても見えませぬ。ほれ、御覧じろ……」

茂兵衛は彼方《かなた》の信康隊を指差した。

「足軽衆の幟旗《のぼりばた》がよく揃って、かつ前傾しておりましょう。統制が取れ、士気の高い証にございまする」

逆に、前後左右に幟が揺れている軍勢は、士卒の気持ちがバラバラで、弱兵と見るのが心得だ。

「左様か。だが、ま、見とれ……」

平八郎が、なにか含むところがあるような顔をした。

「どういうことです？」

「山城にしては、馬出が多かろう。すべての城門についとる」

平八郎の指摘の通りで、諏訪原城の特徴の一つは馬出であった。諏訪原城は分類上、確かに山城ではある。ただし、高天神城や光明城《こうみょうじょう》などのような、山頂に築かれた所謂《いわゆる》「城全体を矢倉と化す古典的な山城」ではない。三方は崖で閉ざされているものの、西側は牧之原台地に向け開けており、そこは環壕や堀切、柵や城門で守られていた。その幾つかある城門の前には、例外なく大小の出丸が、それも武田流の丸馬出が設《しつら》えられていたのだ。

丸馬出――半円形の馬出である。馬出は北条氏の築城法から始まったとも言われるが、武田のそれは独特で丸みを帯びていた。角張った馬出より死角が少なく、砦としての防御力に優れていた。

「ほら、あれ！」

善四郎が叫んで指差した。

諏訪原城二の丸にある三ヶ所の城門が開き、兵馬が押し出してきて馬出内に満ちたのだ。

「来るぞ」

平八郎が呟いたと同時に、各馬出に設けられた複数の出入口から、城兵が一斉に討って出た。重く殺気立った武者押しの声が「えい、とう、えい、とう」とここまでハッキリと聞こえてくる。

「おおッ」

城兵の反撃に、寄せ手が押される。一町（約百九メートル）ばかり押し戻された。信康の本陣が混乱に陥っている。馬印がズルズルと後退した。

馬印の後退に力を得た城兵たちは、果敢に攻め立てる。本陣はさらに後退した。

「左衛門尉様と伯耆様はなにをしとる！」

平八郎の怒鳴り声に背中を押されたかのように、左右に展開していた酒井忠次隊と石川数正隊が一斉に環壕に飛び込み、土塁を上り始めた。

それを見た城兵たちは、信康の馬印を目前にして、おそらくは臍《ほぞ》を嚙《か》みつつ、城内へと撤収していった。重臣たちの機転で、敵の大将の首級《しゅきゅう》を獲っても、城が落ちては始まらないからだ。

「ふーッ。危ないところでしたな」

善四郎が額の汗を拭った。

「もうええ、十分じゃ。帰るぞ」

平八郎が馬首を巡らせた。

二里半（約十キロ）の道を、太陽を追いかけるようにして西へ駆けながら、三人は今見てきた出来事を語りあった。

「間違いねェら。そこその大将にはおなりになる」

自分以外をあまり褒めない平八郎にしては、異例の高評価と言えた。

「しかし、信康公は馬出の罠にはまり、一つ間違えば討死されていたのですよ。平八郎様、少し褒め過ぎではありませんか？」

善四郎が、平八郎の高評価に異議を唱えた。

「ワシが思うに、武将の優劣は人柄と直感で決まる」

平八郎が、善四郎に応酬した。

「人柄は、持って生まれた資質に加え、今までの生き様が反映される。信康公は軍勢の先頭に立つ勇気と、三千の兵を統《す》べる威徳を示された。人柄の点においては合格。一方で、馬出の危険を嗅ぎつける直感は持ち合わせておられなんだ。こちらは不合格……ただ、人の本性は今さら変えられんが、直感はある程度、実戦で磨くことができる」

（なるほど。武将としての資質は十分。後は経験を積むことで名将におなりになるということか）

「ただな」

平八郎が続けた。

「信康公云々は別にして、あの丸馬出は厄介じゃ。誰が采配を振るおうが、あれにだけは、後々まで苦労させられるぞ」

馬出の怖さを知れば、今日のように不用意に前掛かりになることはなくなろうが、さりとて、なにか確実な対処法があるわけではないのだ。馬出のある城を正攻法で攻めるのは困難だ。

「竹束ぐらいしか手立てはございませんからなァ」

「掛川攻めのときを思いだされんか、茂兵衛？」

「左様にございまするな。あれは酷い戦いでありました」

「茂兵衛と二人、竹束の陰で悪態をつきながら城門へとにじり寄ったものよ、ガハハ」

現在、東遠江の拠点となっている掛川城は、永禄十二年（一五六九）に、茂兵衛たちが大変な苦労をして攻め落とした城だ。元々は今川家の城で、遠州《えんしゅう》の城には珍しく馬出が設置されており、当時、平八郎の旗指足軽を務めていた茂兵衛は、平八郎共々、幾度も死ぬような思いをさせられた。

ちなみに竹束とは、竹を束ねて巨大な円筒にし、縄で縛って作る。その陰に隠れ、敵城に肉迫するという防弾器具だ。確かに矢も弾も貫通しないが、バタバタと兵の心胆を寒からしめるほどの物凄い音がする。

掛川城に戻ったのは、陽が沈む直前であった。

人出で賑わう城下の市を轡を並べて抜けているとき、雑踏の中でほんの一瞬、見覚えのある顔を見た――否、見たような気がした。

綾女である。

西陽の所為《せい》もあったろうが艶《あで》やかな橙色《だいだいいろ》の小袖《こそで》を着て、商人の女房風に髪を束ね、奉公人らしき小女《こおんな》を一人連れていた。

「どうしたい?」

平八郎が茂兵衛の動揺を見透かすように、目を覗き込んできた。善四郎も不思議そうに義兄を見つめている。善四郎の姉は、茂兵衛の妻の寿美だ。

「や、別に……なにもござらん」

「おまん、亡霊でも見たような面《つら》しとるぞ」

「ハハハ、もし亡霊を見たら、真っ先に平八郎様にお報せ致します」

「おう、たのむわ。亡霊には訊きたいことがたんとある、あの世のこととか、死んだ朋輩《ツレ》の消息とかな、ガハハ」

茂兵衛は振り返って綾女の姿を捜したが、麗人の姿は、人混みにかき消されてしまっていた。

(そういえば、乙部八兵衛が綾女と知り合ったのは掛川だと言っていた。古着屋を営んでいるとか……この界隈《かいわい》に店があるのかな?)

前に向き直ると、なぜか善四郎と目が合った。

　家康は掛川城代の石川家成《いしかわいえなり》と二人向き合い、夕餉《ゆうげ》を摂っていた。焼飯《やきいい》を湯がいて粥のようにしたものに塩引きの魚、香の物など、二ヶ国六十一万石の太守とも思えない質素な食事である。

　家成は、石川数正の叔父に当たる人物だ。駿府《すんぷ》での人質時代から家康に付き従う忠臣である。主人より十歳ほど年長だが、つるんとした赤ら顔で、四十を越えた今もそれなりに若々しい。

「平八、信康の大将ぶりはいかがであった？」

「御心配には及びませぬ。あれは大丈夫」

　平八郎が、笑顔で答えた。

「あれは大丈夫か……ハハハ、それは一安心じゃ」

「三千人からの岡崎衆をよう統率しておられました。なかなか人心を摑んでおられる。兵たちは信康公を中心に、心を一つにして戦っておりもうした」

「ほうか、心を一つにな」

　と、平八郎に笑顔で頷いてから、石川家成の方をチラと窺った。その家成は、なぜか視線を床に落とした。

（なんだ？　妙な具合だな。殿様、御機嫌悪いぞ。倅を褒められて喜ばねェ親父

か……あまり健全ではねェな)

「や、後継ぎの頼もしい若武者ぶり、嬉しい限りじゃ。平八、善四郎、植田、よう見て参った。今宵は飲もう。これ、酒を持て」

その後は酒席となった。家康は上機嫌で土器を空け、平八郎の馬鹿話に笑い声を上げていた。

「お前の申す通り、馬出は厄介だな。信康も苦労するじゃろうて」

あまり酒に強くない家康が、赤ら顔で平八郎に質した。

「御意ッ」

「彦五郎《ひとごろう》、竹束は足りておるのか？　あらかじめ多めに調達しておけよ」

「ははッ」

命じられた石川家成が、慌てて土器を置き、頭《こうべ》を垂れた。

(善四郎様を岡崎城の重鎮と縁組させるところから見ても、殿様が信康公の御謀反を警戒していなさることは確かだ。戦術眼の鋭い平八郎様が信康公の将器を認めたことで、より心配が増したのかもな。御苦労が絶えねェこった)

「これ、植田！」

家康がこちらを睨んでいる。考え事をしていて、主人が茂兵衛に呼びかけたのを聞きそびれたのだ。

「は、はい？」

「主《あるじ》から言葉をかけられたら、返事ぐらいせんか。このたァけ！」

一介の酔漢に落ちた家康が叱った。

「も、申しわけございません」

と、平伏した頭の上で平八郎が、下卑た笑い声を上げた。

「植田の奴、最前、城下の市で亡霊を見たらしく、それ以来、どうも調子がおかしい。まるで魂が抜けたような」

「ハハハ、槍名人とあれば、今までに百人やそこらは殺しておろう。そりゃ亡霊ぐらい見るだろうさ、ガハハ」

石川家成が、手を打って囃《はや》し立てた。

ただ、この十二年間で茂兵衛が殺した実数は、たぶん百人ではきくまい。

## 四

ある程度、予想はしていたのだが、翌朝、善四郎とともに家康に呼び出された。使いの武士は、またしても「内々に」と念を押した。用向きが想像でき、少し気分が滅入った。

掛川城御殿の書院、城代の石川家成ともう一人の武士を従えた家康は大層機嫌が悪かった。

「植田。昨夜の『亡霊を見た』には、なんぞ裏の意味でもあったのか？」

「裏も表もございません。あれは本多様の戯言《ざれごと》にございまする。それがしは亡霊など見ておりません。見たとも申しておりません」

慌てて訂正した。

家康は「ふん」と鼻を鳴らした後、善四郎に向き直った。

「善四郎！」

「はッ」

「おまん、今回の諏訪原城攻めの間、弓組を率いて信康の配下に入れ。ただし、植田はワシが預かる。他に使ってみたい役目がある」

「や、それは……植田の儀だけは」

「たァけ、情けない顔を致すな！」

「と、殿……拙者、十七歳で補されて以来、植田に支えられ、なんとかお役目を果たして参りました。植田なくして拙者一人では心許なく……」

「であればこそ、一人前となる好機ではないのか。先日も申した通り、お前が植田を手放さんと、この男は出世できんぞ？　終生、筆頭寄騎のままで終わらせたいのか？　兄貴が物頭になる機会を奪うつもりか？」

「そ、それは……」

善四郎が言い淀み、茂兵衛をチラと窺った。顔を真っ赤にして、明らかに家康に対して腹を立てている。

「殿様は……こ、こすうございまする！」

「これ、言葉が過ぎる」

慌てて石川家成が善四郎を叱った。

「ハハハ、よいか善四郎、こすいぐらいでなければ殿様など務まらんのよ、よう覚えとけ！」

「く、糞ッ」

善四郎が、観念した様子で平伏した。

松平善四郎は弓組五十名を率い、松平信康麾下の諏訪原城包囲隊に編入されることが決まった。茂兵衛一人が先手弓組から離れ、掛川に留め置かれる。家康からは「別命あるまで、遊んでおれ」と言われていた。

出発の朝、まだ明けやらぬ掛川城の馬出に、先手弓組は集合していた。

五人の足軽小頭と足軽大将の善四郎が打ち合せをしているところに、槍を持ち、甲冑姿の茂兵衛がフラリと一人で現れた。

「植田様、一緒に行かれまするか？」

小頭の一人が軽口をきいた。

「ああ、俺も行きてェよ。それで甲冑を着込んできたのさ」

「次のお役目はまだ分からんのか？」

善四郎が質した。

「さっぱりです。ま、骨休めと思って、ゆっくりさせて貰います」

城の櫓で卯の上刻（午前五時頃）を示す太鼓がドンと鳴った。

「では義兄《あにじゃ》、我らは参るから。どうぞ御無事で」

と、一礼して善四郎は馬上の人となった。各小頭たちも笑顔で会釈し、それぞれの持ち場へと散っていった。

木戸辰蔵が小走りに寄ってきて、茂兵衛の顔を覗き込んだ。

「十二年一緒にやってきて、初めて違う場所で戦うことになるなァ」

野場城以来の戦友が感傷的になっている。

「湿っぽいことを抜かすな。おい辰蔵、善四郎様を頼んだぞ」

「ああ、ちゃんとやるさ。でも、もうお頭も相当慣れておられる。俺なんぞの出る幕はありゃせんがね」

「なら楽をせい、ハハハ」

ひとしきり二人で笑った後、辰蔵が表情を変え、茂兵衛の肩に手を置いた。

「茂兵衛、無理をするなよ」

「おまんもな……タキのためにも無理はするな」

「分かってるって。ただな、タキ殿と夫婦《めおと》になった後も、俺ァおまんのことを兄とは呼ばんぞ。俺にとってのおまんは、未来永劫ただの茂兵衛だら」

「ええよ。茂兵衛でええさ」

「そうこなくっちゃ、へへへ」

そう言い残すと、辰蔵は自分の配下たちを率い、茂兵衛に笑顔で手を振りながら東へ向けて行軍していった。

ふと、もう二度と辰蔵に会えないような気がした。

実は昨夜、戦場の夢を見たのだ。面頬で顔こそ見えなかったが、一人の兜武者が肩に銃弾を受けてドウと倒れた。太い血の管を切ったようで、傷口から鮮血が泉のように湧き出してくる。茂兵衛は両手で傷口を覆い、血を止めようとしたのだが、後から後から湧き出してきて――もしや、あの兜武者は辰蔵だったのでは?

(え、縁起でもねェわ)

茂兵衛は、悪い予感を振り払うかのように、激しく身震いした。

掛川には東海道が通っており、人や荷の往来が多く、城下の市場も大層栄えていた。茂兵衛は供も連れずに一人城下の市に出かけてみた。目当ては――女である。

綾女が、掛川城下で古着屋を営んでいることは乙部八兵衛から聞いていた。しかも、真《まこと》か嘘か知らぬが、乙部と一夜を共にしたという。茂兵衛の知る綾女からは考えられない振る舞いだ。

(や、もう綾女殿も大人だら。そのことの良し悪しを言ってるわけじゃねェ。綾女殿が変わっちまったこと……そこが心配なんだら)

茂兵衛と最後に会った去年の九月、綾女は数名の武田勢に手籠めにされていた。仇《かたき》はその場で茂兵衛が討ったが、その直後、綾女は茂兵衛の制止を振り切り、闇に姿を消したのだ。そういう経緯があっただけに、やはり、彼女の変心は気掛かりだった。

先日、夕焼けの雑踏の中で、綾女と思しき女性を見かけた辺りで古着屋の在処を訊ねた。さほど広くない城下である。店はすぐに見つかった。

軒から、杉板に「古着之椿屋《つばきや》」と墨で書かれた看板がぶら下がっていた。筆跡には見覚えがある。六年前、茂兵衛は綾女と幾度も文の遣り取りをした。その頃のままに、奇をてらわず、我を出さず、手本通りに揮毫《きごう》された素直な文字だ。酷い経験をし、心配な話も耳にしているだけに、綾女の筆跡が「なに一つ変わっていないこと」が無性に嬉しかった。

「ごめん」

「へい」

店番は小女と老人の二人である。先日見かけた小女とたぶん同じ娘だ。客が怖そうな侍と気づき、小女は店の奥へと姿を消した。

「旦那様、いらっしゃいませ」

取り繕った笑顔で小腰を屈めた老人の顔にも見覚えがあった。老人の方も、まじまじと茂兵衛の顔を覗き込んでいる。「どこかで見た顔だ」そんな記憶を探っているようだ。

「植田茂兵衛じゃ。六年前、浅羽《あさば》村で世話になった」

「や、見違えましてございます。浅羽の御屋敷に御逗留になった頃は、確かまだ足軽衆の……」

「うん、おかげでな。ちいとばかり出世したのじゃ」

錦の鎧直垂《よろいひたたれ》を着て、腰に佩《お》びた両刀の拵《こしら》えも豪華――どう見ても、騎乗の身分である。

「いやいや大層な御出世で、おめでとうございます」

今度は心底からの笑顔で腰を屈めた。声にも態度にも屈託がない。おそらく、茂兵衛と綾女の経緯も、浜松城下で綾女の身に起こった不幸も、まったく聞かされていないのだろう。茂兵衛としてもその方が話しやすい。

「綾女殿が店をやっていると聞いてな。懐かしくて顔を出してみたのじゃ」

「それはそれは有難う存じます。御贔屓《ごひいき》にしてやって下さいませ」

「あ、綾女殿は？」

「それが……」

綾女は京へ商品の買い付けに赴いており留守だそうな。さすがに力が抜けた。残念なような、ホッとしたような複雑な気持ちだ。

「浅羽村の皆さんはお達者か？」

「や、では植田様、御存知ないのですか？」

「なにを？」

老人は、浅羽村が武田の足軽隊に襲われ、綾女の姉も、その家族も皆殺しの目に遭ったことを目をしばたきながら語った。

「では、大野《おおの》殿も？」

「へい、寝込みを襲われ、奥様ともども槍で……」

綾女の姉のふくよかな笑顔が懐かしく思いだされた。

綾女には、武田勢に手籠めにされた過去がある。その上に、残された唯一の肉親たる姉とその家族を惨殺されたのだ。綾女の心情を思うと胸が潰れた。

「浅羽治部大夫《じぶのたゆう》殿は、守ってくれなんだのか？」

浅羽治部大夫貞則《さだのり》は、遠江の古い国衆で、浅羽村を領している。ちなみに綾女の死んだ夫は、浅羽治部大夫の三男坊だ。

「あれは去年の十月……御領主様は、三河様のお供で出征して留守にございましたゆえ」

武田勝頼が浜松城下を焼き、綾女が足軽たちに凌辱されたのが天正二年（一五七四）の九月だから、一ヶ月《ひとつき》後に浅羽村は襲われたことになる。十月といえば奥三河の野田城を攻めていた頃だ。茂兵衛はその攻城隊の一員だったが、浅羽治部大夫は名を連ねていなかった。たぶん、後詰めの家康本隊に従軍していたのだろう。

綾女は、生き残った奉公人四人を連れ掛川に出て、古着の商いを始めたというのだ。

大まかな経緯は摑んだ。茂兵衛は老人に伝言を頼み、店を後にした。

数日後、茂兵衛は綾女の店を再び訪れてみた。

惚れた女に会いたいと思う気持ちと、会ったところで「なにをどう話すべきなのか」と怯む気持ちが相半ばしながらも、自然に茂兵衛の歩みは速まった。

だが、古着の「椿屋」に人の気配はなかった。

板戸の隙間から屋内を窺ってみたのだが、商品も家財道具も見えない。もぬけの殻だ。

（し、しまった）

怒りとも、後悔ともつかない感情が胸を突き上げた。

隣家は野菜を売る店で、四十絡みの女が一人で店番をしていた。

「おかみさん、チトものを訊ねたいのだが」

心の動揺を隠し、声の震えを抑えながら、茂兵衛は女に微笑《ほほえ》みかけた。錦の鎧直垂を着て、二刀を佩びた大柄な武士の訪問に緊張し、女は強張《こわば》った笑顔をかろうじて返してきた。

「へい……な、なにか？」

「となりの古着屋さん、店を閉じられたのかな？」

「へい、一昨日《おとつい》ですかね。御主人が京から戻られて、その翌日には……」

怖そうな侍の用事が、自分の店ではないと知り、ホッとしたのか急に女の口が滑らかになった。

「その主人とは、若い女だな？」

「へい、そりゃお綺麗な方ですよ。少しばかり男出入りがお盛んだったみたいだけれどね、アハハ」

「うっ……」

茂兵衛にとっては、かなり辛い話だ。

乙部八兵衛の言葉通りなら、綾女は意気投合してすぐに肌を許したという。おそらく行きずりの男は、乙部一人ではないのだろう。

ただ、良い妻を持ち、馬に乗り、槍を立て、威張って歩く今の自分に、綾女の生き様をとやかく言う資格がないことも、よく分かっていた。

「朝起きて、店を開けたらこの通り、誰もいなくなっちまってて……私たちも驚いたんですから」

「夜逃げでもしたのかな？」

「夜逃げって……大層儲けてましたよ。私はね……」

女は顔を寄せ、悪戯っぽく笑って声を絞った。目尻に無数の小皺が浮かんだ。

「男絡みと見てるんですけどね」

「……」

瞬間、この口さがない女を怒鳴りつけてやりたい衝動に駆られたが、理性が働き、怒りを押し止めた。それに、綾女が掛川から姿を消したことと、茂兵衛が掛川に姿を現したことが無関係であるはずがない。よほど茂兵衛の顔を見たくなかったのだろう。男絡みと言えば、確かに男絡みなのだ。

「ど、どこへ行ったか、心当たりはないかね？」

「又聞きだけどォ。朝早く、大きな荷物を背負った椿屋さんたち一行が、川の方へ向かうのを見たって……」

「川とは、大井川だな？」

「へい、この辺で川といえば大井川ですから」

（つまり、東か）

大井川の向こうは駿河国《するがのくに》である。綾女にとって、恨み骨髄であろう武田家が統べる土地だ。そこへ一族を連れた綾女が向かったという。

（なぜ、武田領へ？）

茂兵衛には綾女の心が読めなかった。

五

諏訪原城はなかなか落ちなかった。

徳川勢が城を囲んでまだ一ヶ月《ひとつき》あまりだから、さほどに攻めあぐねているとも言えないが、なにせ大井川を挟んだ駿河は敵国である。いつ何時、川を渡って攻撃してくるやも知れない。のんびりと囲んで、降伏開城を待つわけにはいかなかった。

信康と西三河衆が苦戦をしている理由は、平八郎の見立ての通りであった。三つある城の虎口《こぐち》のすべてに丸馬出が設えてあり、これに手を焼いたためだ。城兵たちは籠って守るだけではない。攻め手が隙を見せれば、丸馬出の両端から一斉に兵が湧き、襲いかかってくる。城の縄張りは、本丸と二の丸だけの単純な構造なのだが、いかにも丸馬出が効いていた。

信康も短気を起こすことなく、辛抱強く攻めていたのだが、ある日「大井川東岸に武田勢が集結し始めている」との情報が入り、事態は急変した。しかも「南無諏方南宮法性上下大明神」の旗印が掲げられているという。勝頼自身が出張ってきている可能性がある。

「もう待てん。勝頼に大井川を渡られたらなんとする！」

家康は、急遽掛川城を出て、八月二十三日、本陣を日坂宿《にっさかじゅく》の久延寺《きゅうえんじ》に移した。諏訪原城の西、わずか半里（約二キロ）の最前線に身を置くことで、総大将の本気を敵と味方に示した格好だ。ただ見方によっては、嫡男の信康と西三河衆の戦いぶりに不満があり、自ら「テコ入れのために、押し出してきた」ともとられかねない。

翌日の総攻撃を前に、久延寺内で軍議が催された。

軍議の席で、ほぼ一ヶ月《ひとつき》ぶりで、茂兵衛は善四郎と再会した。

「信康公とは上手くやっておいでですか？」

「お互い、大人になったのだろうな。そういがみ合うこともなくなった。上手くやっておる」

「それはようございました」

まずは安心した。

「信康公もだがな……源次郎様が、初めて会釈をしてくれたぞ」

源次郎は、大給の松平真乗の通称である。

「会釈を？」

「そう。今までは、会うなり皮肉を言い、後は黙殺だったから、大した変化よ」

「左様ですか」

真乗にしてみれば、ひょっとして善四郎は己が義弟になりかねない男だ。今後は会釈ぐらいすることに決めたのだろう。

戦に不慣れな西三河衆の中にあって、先手弓組の能力は「群を抜いておる」と善四郎は配下たちの力量を褒めた。周囲から過度に期待され、やれ火矢を射込めの、敵の矢倉を射すくめろのと、あちこちの戦場を走り回っているそうな。ま、先手衆と岡崎衆——職業軍人と一般農民の差であれば仕方あるまい。

いずれにせよ、善四郎にやつれた様子は見えなかった。戦場での日々が充実しているようで、茂兵衛は胸を撫でおろした。

軍議の席上、家康は信康と西三河衆に配慮を見せた。盛んに彼らの健闘を称えたし、決して戦いぶりに不満があるわけではないと繰り返したが、信康は押し黙ったまま、一言も発しなかった。

軍議の最中、朗報がもたらされた。どうやら「大井川東岸に敵が集結中」との情報は事実無根であるらしい。駿河に潜入していた複数の乱破《らっぱ》が、大井川を渡って帰陣し、東岸には武田勢の姿がないことを報告したのだ。

「幸先よし。総攻めに変更はなしじゃ。明日払暁《ふつぎょう》をもって諏訪原城を攻める。先鋒は三郎、お前が務めよ。暴れて憂さを晴らすがよい」

その言葉を聞いた信康の表情が輝いた。もし敵の集結が本当だったら、家康は先鋒を平八郎らの先手衆に任せていたはずだ。

「必ずや、一日で落としてみせまする！」

若武者が、泣き出しそうな震える声で応えた。任せられた城攻めが不首尾で、父親によるテコ入れを受け入れる――よほど無念に感じていたのだろう。これまでの憤懣《ふんまん》をすべてぶつけられる諏訪原城兵こそ哀れだ。

しかし、松平信康と岡崎衆はどこまでもついていなかった。

翌朝、意気込んで城門に押し寄せた信康らが見たものは、もぬけの殻となった諏訪原城であったからだ。家康が本陣を前線に移したことで、徳川勢の本気を悟り、城番の今福友清《いまふくともきよ》以下の城兵はことごとく、夜陰に乗じ、城の斜面に巧妙に穿たれた間道《かんどう》を抜け、南東方向へと逃げ去ったらしい。南東三里（約十二キロ）にある小山城に向かったものと思われた。

名誉挽回を図れなかった信康は激怒し、城を焼き尽くそうとしたが、重臣《おとな》たちに制止されるという醜態まで演じてしまった。

家康は、諏訪原城の名称が、勝頼の生母である諏訪御寮人《ごりようにん》にちなんでいることを嫌い、中国の故事――周《しゆう》の姫発《きはつ》が、殷《いん》の紂王《ちゆうおう》を牧野《ぼくや》の戦いで破り、殷王朝を滅ぼして周王朝を立てた――から引いて「牧野城」と改名した。ただし、読み方は日本風に「まきの」である。

さらに家康は、老練な松井忠次《まついただつぐ》（後の松平康親《まつだいらやすちか》）、牧野康成《まきのやすなり》を牧野城の城番に任じた。

特筆すべきは、名目上の城主に、現在家康の元に身を寄せている今川氏真《いまがわうじざね》を据えたことだ。遠州民の旧主今川氏への尊崇《そんすう》の念は今も根強いものがある。その感情を巧みに利用した、家康の妙手と言えた。

# 第三章　東遠州《ひがしえんしゅう》の山賊

## 一

天正《てんしょう》三年（一五七五）は八月も末だ。長篠《ながしの》での大戦《おおいくさ》から、はや三ヶ月《みつき》が経った。秋の長雨《ながさめ》で、大井川《おおいがわ》の水量は豊か――黒々とした水が、駿河湾《するがわん》に向け滔々《とうとう》と流れてゆく。その力強さと活気が、大井川西岸での武田勢にはない。

今までは、東遠江《ひがしとおとうみ》の戦略拠点たる高天神城《たかてんじんじょう》を、諏訪原《すわはら》、小山《こやま》の両城で物心両面から支えてきたのだ。諏訪原城を失った今、高天神城への補給路は、小山城を経る道筋一本だけとなってしまった。敵地で孤塁を守る高天神城兵の士気の低下は避けられまい。

徳川側から見れば、当面の戦略目標は自明だった。小山城さえ落とせばいい。

高天神城を孤立無援の状態に陥れることができる。

九月に入ると、早速家康が動いた。

一気呵成に小山城へと押し寄せたのだ。この平山城は、徳川と武田が争奪を繰り返した東遠江の要衝である。ただ、永禄《えいろく》十一年（一五六八）十二月に故武田信玄が入城して以来、丸馬出やそれを囲む三日月濠《みかづきぼり》などを増設し、武田流の築城法で守りを堅めてきた。

小山城は、大井川の岸辺から半里（約二キロ）ほど、河口を見下ろす台地の東端に立っていた。南北東の三方は比高が十七間（約三十一メートル）もある崖で、台地に連なる西方には堀切《ほりきり》と三日月壕が幾重にも穿《うが》たれていた。総じて堅城である。

総大将の家康が自ら采配を振るい、西三河《にしみかわ》衆を中心に、火のように攻め立てたが、なかなか落ちない。城番以下、城兵たちは心を一つにして戦っていた。もし、この城が落ちれば、高天神城は孤立し、早晩立ち枯れよう。高天神城が落ちれば、武田の勢力は東遠江から完全に駆逐されたことになる。戦略的重要性を城兵の端々までがよく理解していた。

十日後、大井川東岸に忽然と二万の武田勢が出現した。今度こそ本物だ。兵力から見ても、勝頼自身が指揮を執っているのは間違いない。幾人もの乱破が「南無諏方南宮法性上下大明神」の旗印を見たと報告した。武田の総大将の旗印は、今や「風林火山」ではないのだ。

この時季、大井川の水量はまだまだ多い。さらには、長篠の大敗からまだ四ヶ月《よつき》しか経っていない。勝頼も無理はしたくないはずだ。すぐに渡渉《としょう》を開始することはないと徳川勢は高をくくっていた。

だが、勝頼は休まなかった。

その夜のうちに、闇に乗じて、大井川を一気に押し渡ったのだ。二万の軍勢が大河の渡渉に成功したのである。徳川勢が囲んでいるこの小山城に向け進軍しているらしい。

初秋の朝靄の中で、家康は動転した。

徳川勢は、ここ東遠江と二俣城《ふたまたじょう》のある北遠江の二正面作戦を強《し》いられており、今回家康が率いている兵力は七千ほどしかいない。

「牧野城《まきのじょう》（諏訪原城）まで退く」

そう叫んだときには、家康はすでに馬上の人となっていた。この逃げ足の速さは、同盟者信長のそれを見習ったのかも知れない。

「長篠の仇《かたき》！」

と、半狂乱になった二万もの武田勢が、半里（約二キロ）東から押し寄せてくる。ここは、逃げるに如《し》かずだ。

「殿軍《しんがり》は、それがしが相務めまする」

三日月の筋兜《すじかぶと》を被った若武者が手を挙げた。松平信康である。

家康は馬を輪乗りし、倅《せがれ》の目を覗きこんで、しばし迷っていたが――

「よし、三郎……殿軍、申しつける」

十七歳の我が子に危険な役目を与えた。

十七歳――茂兵衛が野場城《のばじょう》に籠ったのと同じ年齢だ。

（あのときの俺ァ、兜武者一人倒しただけで眩暈《めまい》がして倒れそうになった。二万の武田勢相手に殿軍を務める……さすがは徳川の若殿だら。肚が据わっておられるわ）

今は役目がなく、家康付としてブラブラしているだけの茂兵衛は、大いに感心した。

「旦那様！」

轡《くつわ》をとる吉次の声で我に返った。家康と馬廻衆はすでに駆けだしている。茂兵衛も急いで退かねばならない。後のことは、信康と岡崎衆《おかざき》に任せて逃げるのみである。

茂兵衛が青梅の鐙《あぶみ》を蹴ると、富士之介、吉次が後について駆けだした。

（でも待てよ。その岡崎衆の中には、善四郎様と辰蔵が交じっとるんだ）

ふと嫌な思いが浮かび、茂兵衛は手綱を引き絞った。

「どう、どう」

鐙を蹴られたり、手綱を引かれたり「どうせいとゆうのか！」と憤《いきどお》る青梅の首筋を優しく叩いて宥《なだ》めた。

「殿軍に助太刀する」

「ええッ」

吉次と富士之介が瞠目して驚きの声を上げた。

一ケ月《ひとつき》ぐらい前、掛川城《かけがわじょう》の馬出《うまだし》で一別したときの、嫌な予感が蘇ったのだ。

——辰蔵とはもう二度と会えんかも知れない。

（そうはいくか！　ここで辰蔵を見殺しにしたら、タキに会わせる顔がねェ。俺ァもう、タキの「いい人」を一人殺しとるんだがや！）

茂兵衛は富士之介の腕から愛用の槍を引《ひ》っ手繰《たく》ると、殿軍が整列する方へと馬を走らせた。

牧之原台地上《まきのはらだいち》にも起伏はある。その丘と丘の鞍部に、松平信康は殿軍の陣を敷いていた。手勢は五百ほど。寡兵《かへい》だが、隘路《あいろ》を閉ざすことで、大軍の進撃を止める策であろう。

戦法は、単純明快だ。まず鉄砲隊と善四郎の弓隊で三列の横隊を組む。敵が近づけば、斉射で射すくめた上、二百騎の騎馬武者と百人の槍足軽が突撃し、敵の先鋒を押し戻す。敵が怯めば退却し、また追いすがってくれば斉射を浴びせた上で突撃――それを延々と繰り返し、本隊が安全な場所まで逃げ延びる貴重な時間を稼ぐのだ。

「も、茂兵衛！」

辰蔵が青梅の姿を認めて走り出てきた。辰蔵と服部宗助の槍隊は、善四郎の弓組と別れ、騎馬隊と共にいた。斉射の後、騎馬隊の後を追って突撃し、敵の先鋒を叩き、押し戻す役目だ。

「おう辰蔵、生きとったか。俺も交ぜろや。助太刀だら」

と、青梅から飛び降りた。青梅は吉次に預け、富士之介と二人、徒士《かち》で戦うつもりである。青梅はもう相当な老馬だし、乗り手である茂兵衛も手綱捌《さば》きは下手糞だ。無理に騎兵を気取っても役には立つまい。むしろ勝手知ったる徒士の槍武者として戦った方がいい。

「植田様じゃ」

「植田様が助太刀に来られた」

槍名人植田茂兵衛の加勢に、元配下の足軽たちは歓声を上げた。いやが上にも士気は上がる。

「善四郎様は？」

「ほれ」

辰蔵が顎をしゃくった先を見れば、煙が立ち上っている。

「火矢の準備をせいと、若殿から言われたのよ」

目の前、一町（約百九メートル）ほどは草叢《くさむら》になっている。ここに火を放つつもりだろうか。

整然と陣形を組む信康の殿軍を、退却する味方の将兵が追い抜いていく。

「御苦労にござる」

「頼んだぞ」

「御武運を」

先に退却する兵は、留まる殿軍に、一言声をかけていくのが礼儀であり心得だ。騎馬武者の中には、兜の眉庇《まびさし》にそっと触れ、会釈をしていく者も多い。不思議なもので、こうして仲間たちから声援を送られると、気分が高揚してくる。自分がとてつもない英雄になったような気がして、感覚が麻痺し、本当に死が怖くなくなるものだ。

「えーい、死んだる」

誰かが叫んだ。足軽たちの中から賛同を示す声が幾つも上がった。

「殿軍の者ども、よく聞け！」

指揮官の信康が、大柄な青毛馬《くろうま》を自在に輪乗りしながら、大音声《だいおんじょう》を張り上げた。青糸縅《あおいとおどし》の甲冑《かっちゅう》に三日月の兜、濃い猩々緋《しょうじょうひ》の陣羽織との対比が鮮烈だ。

「四半刻（約三十分）、この場を持たせればよい。ほんの四半刻、敵軍の進撃を止めよう。その間だけ、お前らの命、ワシにくれい！」

「おうッ」

短く、どすの利いた雄叫びが、台地の上にズシリと響いた。

本隊は必死で退却しているはずだ。四半刻あれば、一里半（約六キロ）彼方《かなた》にまで逃げ延びている。牧野城まで三里（約十二キロ）、ほとんど安全圏だ。

（立派な大将ぶりだら。兵の心をよう摑んどるがね。己が死を恐れる様子もまったく見えん）

茂兵衛は、しばし信康の雄姿に見とれた。

二

辰の上刻（午前七時頃）、台地上の林の向こうから大軍が迫る気配が伝わってきた。物見らしき騎馬武者たちが、木立の中で見え隠れしている。

（来るぞ）

一町（約百九メートル）離れた林の中に、幾つもの幟旗《のぼりばた》が見えてきた。

三つ石紋――小山城の城番の紋所だ。城を囲んでいた徳川勢の退却に、城番は城門を開き、追撃してきたのだろう。当然、その背後には勝頼率いる二万の大軍が犇《ひし》めいているはずだ。

「鉄砲隊、構え」

信康の号令を各鉄砲大将、鉄砲小頭《こがしら》らが次々に復唱し伝えた。

「善四郎！」

「はッ」

「海風じゃ。我らから見て右手に火矢を集中させよ」

「承知！」

敵は東から来る。右手一里（約四キロ）に遠州灘《えんしゆうなだ》がある。今は早朝で陽が上り、風は右から左へと吹き抜けるはずだ。右手の草叢に火矢を射こめば、風にあおられ、左手へと燃え広がるだろう。

「鉄砲隊、火蓋を切れ！」

カチリ、カチリと五十挺あまりの鉄砲の火蓋が、前に押し出された。これで引《ひき》鉄《がね》を引けば、火縄が火皿に盛られた口薬《くちぐすり》に押し付けられ、発砲となる。

武田の指揮官らしき者が、武者押しを命じる声が聞こえてくる。

「えい、とう、えい、とう、えい、とう」

始まった鬨《とき》の声をかき消すように、信康が「放て」と号令した。

ドンドン、ドンドンドンドン。

三つ石の幟がバタバタと倒れていく。

「火矢を放て！」

ヒョウ。

三十本の火矢が、右手の草叢に集中した。

「鉄砲隊、道を開けよ」

いよいよ茂兵衛たちの出番である。鉄砲隊と弓隊が左右に分かれ、騎馬隊の突進路を作った。

「それ、かかれ！」

馬上の信康が采配を振るって号令し、自ら先頭に立って駆け始めた。

「各々《おのおの》、若殿を討たすな！」

二百騎の騎馬隊が黒い塊となって突進し、信康を追う。茂兵衛ら徒歩の槍足軽隊も、馬の尻を追って駆けだした。

反対に、鉄砲隊、弓隊は撤退を始めた。二町（約二百十八メートル）後方に新たな放列を敷き、敵を迎え撃つ準備にかかるのだ。

「ええか、首は討ち捨てだら。止めも刺すな。相手が動きを止めたら、もうそれでええ。次の敵に当たれ」

茂兵衛は走りながら元配下たちに命じた。殿軍の役目は敵の殲滅《せんめつ》ではない。怯ませ、半町（約五十五メートル）退かせれば十分なのだから。ただし、死ぬ気で突っ込み、気力で圧倒せねば、優勢な敵を退かせることなどできはしない。

前を走る馬と馬の隙間から、武田勢が横隊を組んで膝をつき、槍の穂先を揃えて構えるのが見えた。

「糞ッ、槍衾《やりぶすま》だら！」

隣を走る辰蔵が忌々しげに叫んだ。

ドガッ。

騎馬隊が、槍衾に突っ込む鈍い音が響いた。幾頭かの軍馬が棹立ちとなる。馬の嘶《いなな》きと、人の怒号、剣戟《けんげき》の音が混ざりあい、戦場に満ち満ちた。ここからは乱戦である。

（さあ、ひと仕事するか！）

茂兵衛は、行く手をふさいだ小柄な敵足軽を、槍で薙《な》いで殴り倒した。

喧嘩も戦争も同じで、死ぬ気になった方が強い。時が経てば、自力の差が出てこようが、最初の最初には気力がものをいう。徳川の騎馬隊は注文通り、半町近く武田勢を押し戻した。

「よしッ。深追いするな！　退却、退却じゃ！　退けや者ども！」

馬上の信康が腕をグルグルと回して号令した。槍を振るっていた騎馬武者たちが馬首を回し、一斉に退却し始める。まさに、そのときだ——

ガン。

一本の征矢《そや》が信康の顔を直撃した。

「ああッ、若殿が！」

信康は大きく仰《の》け反《ぞ》り、もんどり打って落馬した。

誰もが足を止め、息を飲んだ。

「く、糞がッ」

発条仕掛《ばねじか》けのように信康は身を起こした。

地面に胡坐《あぐら》をかいて座り、盛んに首を振り、悔し紛れに大声を張り上げ、敵を罵《ののし》った。大丈夫、元気だ。若殿は生きておられる。味方から大きな安堵の吐息がもれた。

もし信康が面頰《めんぼお》を着けていなければ、一巻の終わりとなっていたところだ。面頰は肉厚で頑丈にできているから、それを射抜く矢など存在しない。ただ数日、信康の首はかなり痛むはずだ。先日、光明城《こうみようじよう》を攻めたとき、茂兵衛も兜に矢の直撃を受けた。まるで丸太で殴られたような衝撃があるものだ。茂兵衛は信康に同情した。

馬廻衆と思しき二人が、主人を両脇から抱きかかえ、鞍上《あんじよう》へと押し上げ、ことなきを得た。さあ、逃げよう。

殿軍の仕事の半分は、逃げることである。

善四郎の弓組や鉄砲隊が放列を敷く防衛線まで、二町（約二百十八メートル）以上を走らねばならない。

騎馬隊は先に行ってしまうから、槍足軽たちは敵の目前に置いていかれることになる。もし転んだり、息が切れたりしたら、怒り狂った敵の先鋒に追いつかれ、囲まれ、弄《なぶ》り殺《ごろ》しの目に遭うのだ。

茂兵衛も、元配下たちとともに血相を変えて走った。

（大丈夫だ。敵の先鋒は城番の手勢だ。小山城に籠《こも》っていた城兵だから、騎馬武者がおるとしても、ほんの少しのはずだら）

高をくった直後、背後から複数の蹄《ひづめ》の音が迫ってきた。

（ま、まさか！）

と、走りながら振り返ると、驚愕の光景が目に飛び込んできた。

一人遅れた辰蔵が、足を引きずり、槍を杖にして逃げており、敵の騎馬武者が三騎、鬼の形相で追いかけているではないか。

（ま、正夢かよ！）

反射的に踵《きびす》を返した。馬より速く走り、敵の騎馬武者がくる前に辰蔵の元に急行した。

「やられたんか？」

「も、股《もも》に矢を食らった」

（夢の兜武者は、確か肩に銃弾を受けていた。よかった。得物も部位も違う）

見れば、佩楯《はいだて》を射抜いた征矢が、さらに左太股を貫通し、細く鋭利な鏃《やじり》が股の裏側に飛び出している。ただ、出血はさほどに酷くない。幸いにも血の管を切ってはいないようだ。

「このまま走れ。タキのことだけ考えて死ぬ気で走れ。俺ァ、騎馬武者三匹、始末してくるら」

「すまん。諏訪原城で会おう」

「たァけ、牧野城《の》だら！」

と、叫んだときには騎馬武者に向けて走り始めていた。

すぐに馬が圧し掛かってきた。このままでは蹄で蹴られる。機敏にかわし、馬の横に出た。馬を刺すか、武者の下半身を狙うか迷ったが、最前、信康が射られた場面を思い出し、槍を伸ばして武者の面頰を突いた。

「ぐわッ」

槍は刺さらなかったが、武者は刺突の衝撃に大きく仰け反り、均衡を崩して落馬した。

(武田の騎馬武者、大したこたァねェ)

ただし、馬の向こう側に落ちたので止めを刺す暇はない。早くも第二の騎馬武者が突っ込んできた。乗り手を失った第一の馬の轡を摑み、その陰に回って、第二の馬の蹄に蹴られるのを避けた。すぐに背後から、落馬した第一の武者が、槍を失くしたのか刀を抜いて斬りかかってきた。槍を回す暇がない。

ガッ。

首をすくめて刀の一撃を兜で受けた。

槍で刺すには近すぎる。馬の轡を放し、槍の柄で足を払うと敵は尻もちをついた。すかさず石突を激しく股間にねじ込む。第一の武者は、一声「ぎゃッ」と叫んで身を屈め、動かなくなった。

第二の騎馬武者が槍で突いてきた。身をよじって穂先をかわし、横殴りに薙いで鞍から叩き落とした。第三の武者は、騎馬武者二人がやられたことから、不利を悟り、馬から下り、槍を構えた。

（しめた）

と、駆けだした。馬から下りたなら振り切れる。脚力で負けることはない。

「卑怯者、逃げるか！」

背後から呼ばわる声がしたが、「たァけ。そら、逃げるがね」と面頬の中で冷笑していた。

「まことの勇将じゃ。勝頼がたとえ十万の兵をもって対陣するとも恐るるに足らず。三郎、ようやった！　岡崎衆も、ようやった！」

牧野城で信康を出迎えた家康は、手放しで信康と西三河衆の働きを褒め称えた。家康はこぼれんばかりの笑顔で信康の手を握り、また信康とともに殿軍をつとめた西三河衆の一人一人を抱きかかえるようにして、その労をねぎらった。

ただ、傍らから窺っている茂兵衛には、家康の笑顔が作り笑いのように見えなくもなかった。以前、本多平八郎が信康の将器を称えたときの反応と似ている。

跡取り息子が、勇気と指揮能力の高さを証明した。殿軍の成功という結果も出した。父親として嬉しくないわけではなかろうが、家康は家内に岡崎衆という不平分子を抱えている身だ。もし彼らが、この勝気《かちき》で有能な倅を担いで自分に反旗を翻したなら——家康の心境には、複雑なものがあったに相違ない。

# 三

天正三年（一五七五）九月の下旬、茂兵衛は掛川城の本丸御殿に伺候《しこう》した。

またしても主君家康から呼び出されたのだ。いやが上にも緊張する。今迄なら、御殿に上がるにしても善四郎の随伴者としての立場だったが、今回の茂兵衛は名指しで呼び出された。

（なんぞまた、厄介なお役目でも申し付けられるのじゃあるめェなァ）

なにせ徳川家は、遠江をめぐる大戦《おおいくさ》の真っ最中なのである。二俣城はまだ落ちず、諏訪原城は獲ったが、小山城ではしくじった。遠州争奪戦は一進一退の状況だ。

家康の居室には、太刀持ちの小姓の他に酒井忠次が同席していた。

「植田茂兵衛、参りました」

板の間に敷かれた褥《しとね》に座り、両の拳を床に突いて頭《こうべ》を垂れた。

「左衛門尉、図を」

「はッ」

忠次が、折り畳まれた大きな紙を床に広げた。精密に描かれた東遠江の地図だ。

大井川が図のほぼ中央を流れ、西岸側に掛川城、牧野城（諏訪原城）、小山城、高天神城などが墨で描かれている。それぞれの位置関係が明確になった。

「植田」

「はッ」

家康は、まず大井川河口の小山城を扇子《せんす》の先で指し、そのまま西へ引いて高天神城の位置でピタリと止めた。

「この間、五里（約二十キロ）と少しある。鬱蒼《うっそう》とした森じゃ」

「この地は牧之原と申す。ま、巨大な台地じゃな」

酒井忠次が説明を補足した。

「武田が高天神城に兵糧弾薬を運び入れるには、荷駄隊は、この牧之原台地を通らざるを得ぬ」

「はッ」

おぼろげに、これから下されるであろう命令の概要が浮かんだ。おそらくは敵補給路の攪乱《かくらん》だ。

「お前は以前、山間《やまあい》に露営する秋山《あきやま》隊を見つけたことがあったな」

――もう六年以上前の話だ。

平八郎に連れられて深夜、家康の天幕に呼び入れられ、三階菱《さんがいびし》の旗指を見た旨を報告したものだ。三階菱は甲斐源氏《かいげんじ》武田氏の分流である秋山家の家紋である。

「今回は、お前があれをやるのじゃ」

牧之原台地の深い森の中に長期間露営し、武田方の荷駄隊を襲い、物資を強奪する、乃至は破棄焼却する。

幾度か荷駄隊が襲われれば、高天神城への補給は滞《とどこお》るだろう。高天神城は孤立し、立ち枯れを待つ身となるはずだ。

「お前に槍足軽三十人、小頭三人を与える。この遠州で暴れた武田の足軽隊の悪行を手本とせよ」

「承知致しました」

「ただ……」

傍らから酒井が介入した。

「一度、二度は不意を衝けましょうが、いずれ武田側が護衛の数を増やせば、足軽三十では手にあまりましょうな」

「案ずるな」

家康が、筆頭家老に微笑《ほほえ》みかけた。

「小山城に籠る敵兵はせいぜい三百、護衛に百は割《さ》けまい。もし城番が百人の護衛を付けるようなら、牧野城から兵を出し、手薄となった小山城を獲ってくれるわ」

（なるほど）

最終的には甲斐本国からの援軍が来るのだろうが、それまでに散々暴れてやればいい。

「植田、なんぞ聞きたいことはないか？」

「されば一点だけ、伺いとうございます」

「申してみよ」

「武田の足軽隊は狼藉の限りを尽くしまする。盗み、焼き、犯し、殺す……そこも真似致しまするか？」

「ふむ」

家康は茂兵衛の顔を睨み、しばらく考えていたが、やがて――

「お前の判断に任せる。それが必要と思えば躊躇《ちゅうちょ》なくやれ。ただし、遠江は我が領地となって日も浅い。徳川が遠州の民から恨まれるような所業は慎め、これで答えになったか？」

「御意ッ」

と、深く頭を下げた。元より非道な行いをするつもりなど毫《ごう》もない。要は、徳川が恨まれるような行いをする以外は「お前に任せる」——その言葉が欲しかっただけだ。

「首尾よくやれ」

そう言い残して足音が去ると、一気に緊張がほぐれた。大きく息を吐きながら平伏していた顔をゆっくり上げると、まだ酒井忠次が居残っており、慌てて平伏し直した。

「植田よ。殿はお前のことを買っておられる」

酒井が柔和な顔を向けてきた。

「仕事の確かな男と見ておられる。今は、妙なお役目ばかりを申しつけられておるが、殿は、お前の働きをちゃんと見ておられる。だから腐るな」

「ははッ」

本当に、家康が自分のことを気にかけてくれているのだろうか？　もしそうなら嬉しい限りだが、敵補給路の攪乱という難しい任務を担わせるので、とりあえず煽《おだ》てているだけにも思えた。

（ま、仕事自体は、俺に向いたお役目かも知れんな）

源平の頃の一騎打ち中心の戦こそ鳴りを潜めたが、それでも侍にとって戦場は晴れの舞台である。自ら倒した敵の兜首を持ち帰り、主君からお褒めの言葉と、恩賞を賜る——それこそが侍にとって戦の醍醐味だ。蚯蚓《みみず》や百足《むかで》の這いまわる暗い森に寝泊まりし、山賊のように荷駄隊を襲う——そんなお役目を喜ぶ侍は希《まれ》だろう。同じ侍でも、百姓上がりの茂兵衛なら「厭わずにやるだろう」そう家康や酒井が考えたとしても不思議はない。

（いやいや、山賊で結構じゃねェか。百姓上がりが馬に乗って、三十人からの足軽を指揮できるんだ。やってやる……俺以外の誰がやれるかって話だら）

まず茂兵衛は、牧之原台地の地理に詳しい地元の猟師を探した。道案内として使いたいと思ったのだ。三ヶ月《みつき》前の光明城攻めの際、案内として起用した土地の郷士が大層役に立った。さらに、長篠戦での鳶ヶ巣砦《とびすとりで》への奇襲は、船着山《ふなつきやま》の麓《ふもと》に盤踞《ばんきょ》する地侍が、案内役として成功の鍵を握っていたのだ。今回、地侍ではなくあえて猟師を求めたのは、役目の特殊性に鑑み、道順だけでなく、罠や待ち伏せ、獣道などの知識に長《た》けた者を選びたかったからだ。諏訪原城攻めのときに本陣を置いた久延寺《きゆうえんじ》の和尚に、仲介を頼むことにした。

「できれば、家族持ちの方がええですら」

「ほう、なぜにございます？」

四十過ぎの穏やかな目をした和尚が、怪訝そうな顔を茂兵衛に向けた。

「もし逃げたり、裏切ったりすれば、女房子供にまで害が及ぶと、無言の圧力をかけることができ申す」

と、低い声で言って、和尚を睨みつけた。妙な男を紹介すれば「お前も只ではおかんぞ」とこちらにも圧力をかけた次第だ。

「な、なるほど……では、そのように」

和尚は、万次郎《まんじろう》という三十半ばの猟師を紹介してくれた。十二歳を頭に四人の娘がいる——ちょうどいい。

遊撃隊の編制には五日を要した。

最初に善四郎の弓組から服部宗助が率いる十名の槍足軽隊を選抜した。さらに、弓足軽を別途に五人、付けてもらった。「飛び道具も必要であろうよ」との善四郎の好意である。以前、長篠城まで同行した嘉六《かろく》という中年の弓足軽が筆頭者として五人を束ねていた。

本来なら頼りになる辰蔵も連れて行きたいところだが、足に矢傷を負ったばかりではあるし、なによりも辰蔵までがいなくなると善四郎隊が手薄になってしまう。辰蔵と善四郎は、三年前の二俣城籠城戦以来の付き合いで気心が知れている。辰蔵を残し、若い善四郎を支えてもらうことにした。

残りの二十名は、平八郎隊と榊原康政隊から十名ずつ槍足軽を借り受けた。それぞれ歴戦の足軽小頭に率いられている。所属こそ異なるが、旗本先手役の同僚で互いに顔見知り、違和感はなかった。

結局、連れて行く足軽は三十五人となった。物頭《ものがしら》の茂兵衛と服部以下三人の小頭が指揮を執る。他に茂兵衛の従者である富士之介と吉次も連れて行くから、案内役の万次郎を含めると総勢は四十二人になる。

長丁場の戦いが見込まれるので、兵站《へいたん》も重要だ。

五日分の食料は各自持参させるが、それ以後は、露営予定地から二里（約八キロ）離れた牧野城に補給を求めねばならない。茂兵衛は牧野城まで馬を飛ばし、城番の松井忠次に掛け合って、十日に一度、米や味噌を所定の場所まで運んでもらう手筈を整えた。

炊事用の鍋も必需品だ。五人に一つ、煮炊きのできる鉄鍋を持たせた。巷間《こうかん》言われるように、足軽の鉄笠を鍋の代わりに使うのは、よほどのときである。水を入れて火にかけると、表面に塗られた漆《うるし》が溶けだすので、湯も、米も、極めて不味くなる。はなはだしきは腹を下す。戦場には鉄鍋を持参するのが心得だ。

薪《まき》は山で集めることになる。刀を使うとすぐに斬れなくなるから、鉈《なた》を各自持参させることにした。

雨の日の用心だけでなく、防寒具や夜具としても使えるので、蓑《みの》は重宝する。さらには、着替え用の具足下衣《ぐそくしたころも》を各自一着ずつ持たせた。これは万次郎の助言によるものだ。長く山中で露営すると、人間も独特の異臭を発するようになるものらしい。敵を待ち伏せするとき、臭いで気取られぬ用心としてである。着替えがあれば、偶《たま》には洗濯もできるだろう。

これで準備万端整った。あとは、日が暮れるのを待つのみである。

武田方の乱破が掛川城下にも紛れ込んでいるだろう。陽のあるうちに堂々と出発することは憚《はばか》られた。夜道は不安だが、そのために猟師を雇ったのだから。

## 四

旧暦の十月一日、新月の頃とて、月明かりは期待できない。暗くて歩き難いだろうが、その分、隠密性は高まる。

日が暮れると、茂兵衛は四十人余の配下を率い、歩いて掛川の城門を潜った。

初めは平坦な道だったが、菊川村《きくがわむら》を過ぎたあたりから牧之原の台地に分け入っていく。森の中は墨を流したような闇である。茂兵衛は鳶ヶ巣砦攻撃での経験を生かし、兵たちの甲冑の肩に小さな布片を結ばせていた。闇の中でも、揺れる白い布は目立つものだ。後続者のよい目印となってくれる。

山道自体はさほどに急峻ではなく、また案内役の万次郎が的確に引率したので、大過なく二里半（約十キロ）の山道を歩き、夜半過ぎには、万次郎が露営地に選んだ山間の沢に到着した。

「服部、おまんの組から三人を選び、周囲の三方に歩哨を立てろ。近づく者があれば報せるように。それから、決して眠るなと念を押せ」

「はッ」

茂兵衛は足軽たちの様子を窺った。暗い中、小声で冗談を言い合っている。掛川から五里（約二十キロ）ほど歩かせたが、まだまだ元気な様子で、士気も高そうだ。

ひとまず安堵し、三人の小頭と万次郎、それに弓足軽の嘉六を呼び、軍議を持った。火を焚《た》かせ、その炎で東遠州の地図を照らした。

万次郎によれば、小山城から牧之原台地を越えて高天神城に至る道は、大きく二つあるという。

まず一つは、見通しの利く海沿いの道を榛原《はいばら》まで行き、勝間田川《かつまたがわ》を過ぎた辺りから山道に入り、大寄《おおより》、古谷《ふるや》を越えて横地《よこち》に出る道。

もう一つは海沿いの道を相良《さがら》まで進んでから山道に入り、菅ヶ谷《すげや》を経て赤土《あかつち》に出る道だ。

前者だと距離は短いが山道が長い。後者だとかなり遠回りになる。

「榛原から入るにせよ、相良から分け入るにせよ、以降は山道となるが、その道は険しいのか？」

茂兵衛が万次郎に質《ただ》した。

「や、今俺らが通ってきた道とさほどに違わねェら。森が深く、道が悪いので苦労はするがな」

この時代、運搬手段として荷車は使われていない。すべて人か馬か、ときには牛が担った。決して車輪を作る技術がなかったわけではなく、道が不整備で、凸凹と泥濘《ぬかるみ》だらけだったのだ。事実、道が整備された京都近郊では、貴族たちは牛車を使った。彼らも都から出ると牛車を下り、輿《こし》に乗って進んだものだ。

ちなみに、馬なら二十七貫（約百キロ）、人だと五貫（約二十キロ）を運べた。仮に、高天神城に五百人からの武田勢が籠っているとしよう。一人当たり、日に米を六合（約九百グラム）、味噌二勺（約三十六グラム）と塩一勺（十八グラム）を食うとして、五百人分の兵糧は、一日当たり百二十七貫（約四百七十七キロ）となる。これを二十日に一度運べば、その荷駄隊の輸送量は二千五百四十貫（約九千五百四十キロ）――馬五十頭、陣夫二百二十七人ほどが要る計算だ。

「ほうか、駄馬五十頭と陣夫が二百二十七人で山越えか……フハハハハ」

誰ともなく笑い声が漏れた。

それだけの数となれば、行列の長さは三町（約三百二十七メートル）以上にもなろう。長蛇の列を高々五十人前後の兵で護衛するのだ――襲う側から見れば、やりたい放題ではないか。

茂兵衛は、榛原を見下ろせる山中に、物見を立てようと考えた。小頭一人に足軽二人を付けて見張らせよう。荷駄隊の進路を見極め、一人ずつ伝令として帰ってくる。最後の小頭が戻る頃には、敵がどこを通るつもりなのか、ほぼ特定できていよう。あとは山道に隠れ、待ち伏せすればいいだけだ。

「ま、待ち伏せにござるか」

本多平八郎麾下《きか》の小頭が、怪訝そうな顔をして茂兵衛を見た。篠田《しのだ》という茂兵衛と同年齢の男だ。焚火の炎が痘痕面《あばたづら》を照らしだしていた。

「気に食わんか？」

「や、ただ、もう少し正々堂々とやっても、たかが小荷駄……勝てましょう？」

「篠田よ。それは今だから言えるのだ」

茂兵衛は静かな調子で反駁《はんばく》した。今後、各小頭たちは茂兵衛の手足となって働いてもらうことになる。今のうちに、言うべきことはしっかりと伝え、指揮官としての自分の考え方を十分に理解してもらわねばならない。

「これからワシらは二ケ月《ふたつき》も、三ケ月《みつき》も山中に籠るのだぞ。その間、人の補充はないと思った方がええ。正々堂々とやり合うて、たとえ敵を全滅させたとしても、我が方に十人の死傷者が出れば、事実上、次の小荷駄は襲えんぞ？　だから今後も無理はせん。味方の損害が少ない策を選ぶ」

「なるほど。待ち伏せに賛同致しまする」

と、篠田は素直に頷いた。意地を張ることなく、納得すればすぐに自説を撤回する――気持ちのいい性格だし、執念深い頑固者よりは付き合いやすいが、若干思慮に欠けるのかも知れない。上役である本多平八郎の気質に相通じる可能性がある。複雑な思考を求められる任務には適さないかも知れない。

「で、万次郎？」

茂兵衛は、猟師に向き直った。

「おう、なんら？」

それにしても――この猟師の口の利き方はなっていない。騎乗の身分の茂兵衛に対して、まるで同輩のような口調だ。先日、主人を「あんた」呼ばわりされた富士之介と吉次が万次郎をとっちめようとしたが、茂兵衛はそれを止めた。

もし万次郎に臍《へそ》を曲げられたら、お役目の遂行自体が危うくなる。「まずは辛抱あるのみ」と、いきり立つ奉公人たちを宥めた。

「おまん、敵の荷駄隊を見たことがあるのか？」

「あるよ。猟でこの辺をうろつくからのう。一昨年《おととし》ぐらいから、時折出くわすようになった。ありゃ武田の小荷駄だら」

高天神城が武田側に落ちたのは、まさに一年前の天正二年（一五七四）である。その時から、武田勢は牧之原台地を通り、兵糧を高天神城に届け始めたはずだ。

「二度ほど、夜分に出くわしたこともあるぞ。道に不案内なようで、先頭が松明《たいまつ》を掲げとったわ。ハハハ、ド素人《しろうと》だら」

敵には、牧之原に詳しい先導者がいないようだ。彼らにとって遠州は敵地である。協力者は見つけにくいのかも知れない。こちらには、礼儀はなっていないが万次郎がいる。

「荷駄隊の護衛は、どんな様子だ？」

「あんたらとよう似とるわ。馬乗りのお武家が足軽を三、四十人ばかり率いて護衛しとった」

馬乗りのお武家——小荷駄頭のことだろう。小荷駄奉行ともいう。

「少ないな」

「知らんがや」

「鉄砲は？　弓は見たか？」

「さあ、そこまでは分からん」

「ほうか」

茂兵衛は、三人の小頭の目を順番に見て言った。

「おまんらが物見に立つのだ。敵足軽のおおよその数、弓鉄砲の有無は確認して報せよ、ええな」

「はッ」

三人が同時に頷いた。

その後、仮眠をとり、目を覚ましたときには、すでに薄《うつす》らと夜が明けていた。欠伸《あくび》をしながら周囲を見回すと、万次郎の選んだ谷間の露営地が、申し分のない場所であることが知れた。傍らを清流が流れており、野営に欠かせない水の心配は無さそうだ。周囲は深い森と、小高い山に囲まれており、音や姿が外部に伝わることを防いでくれていた。

（ふん、あの口の悪い猟師め、馬鹿ではなさそうだな）

如才がなく、人付き合いの上手い小才子より、知識が多く、判断の正確な朴訥《ぼくとつ》漢の方が結局は使えるものだ。茂兵衛の万次郎に対する信頼は、またひとつ深まった。

陽が上ると、早速、榛原へ物見を出すことにした。一番手は榊原康政から借り受けた小頭の佐々木《ささき》だ。

「足の速い者を二人、選びました」

と、配下の足軽二人を連れ、両掌をこすり合わせながら楽しげに呟いた。やる気満々の様子だ。

「現地までは万次郎に案内させるから」

「や、ええですよ。拙者でも榛原ぐらい分かります」

「人目につかぬよう、山の中を歩くのだぞ？　迷うぞ？　おまんが迷っとる隙に、荷駄隊が榛原を通過したらなんとする」

「でも……あの糞猟師だけは、我慢がならんのですら。拙者のことを『おまん』呼ばわりしやがる」

「ワシも『あんた』と呼ばれとる」

「我慢せよと？」

「ほうだら。なにごとも我慢だら……な、佐々木よ？」

「はい？」

ここで茂兵衛は佐々木に顔を近づけ、耳元に囁《ささや》いた。

「奴は使える。少しの無礼は辛抱せい。その代わり、このお役目が済んだら、好きに殴らしてやるら」

「ほうですか、約定ですよ。拙者、本気で殴りますからね」

「おう、ワシが許す。心ゆくまで殴ったらええ」

内心で、佐々木から殴られる前に「万次郎を逃がさねば」と考えつつ、表面上は笑顔で、佐々木の肩を叩いて送り出した。

（ま、お役目が終わるまで、俺も佐々木も万次郎も、生きてるとは限らねェしな。心配事なんぞは明日にでも考えりゃええんだわ）

「先のことを心配する奴はたァけ」が本多平八郎の口癖だ。あまり考えなさすぎるのも問題だが、考えても仕方ないことをアレコレ思い悩むのは不毛だ。確かに、たァけかも知れない。

その日の午後には、万次郎が帰ってきた。佐々木ら三人の物見を榛原の集落を見下ろす山の上の配置まで誘導し、一人で戻ってきたのだ。明朝早く、交代要員の服部らを連れて同じ場所まで行き、今度は佐々木らを連れて帰ってくる予定だ。

「どれほどかかる？」

「ま、距離は一里（約四キロ）ほどだが、山道だし、人目につかねェよう遠回りもするから、一刻（約二時間）はゆっくりかかるなァ」

と、万次郎は腹ごしらえの焼飯《やきいい》を頬張りながら答えた。

「荷駄隊の進路が分かっても、すぐに来ちまいそうだな。待ち伏せの準備には半刻（約一時間）ほどしかかけられないか？」

「待ち伏せの場所を近くにするさ」

「さりとて、ここのすぐ側ってわけにもいかん」

「ま、塒《ねぐら》がばれちまうからなァ。よし、飯が終わったら、待ち伏せの場所を探しにいこう」

「頼むぞ、万次郎」

仕事がやりやすい。今や万次郎の有能さは明らかだった——口は悪いが。

五

牧之原台地は、高天神城、小山城と二つの敵城に挟まれた位置関係にある。

幾ら現在、遠江内では徳川が優勢と言っても、奇襲を受ける怖さがあった。こんな谷間で露営していて、もし敵に囲まれたら一巻の終わりだ。この場所を、できるだけ秘匿することが肝要であった。

実際に、茂兵衛が、袋井《ふくろい》の油山《あぶらやま》から秋山虎繁《とらしげ》隊の露営地を特定できたのは、山間から焚火の煙が立ち上るのを見つけたからだ。自分たちも煙には十分注意を払わねばならない。

「ええか、朝と夕方には風が立つものだ。風は煙を吹き散らしてくれる。火を焚くなら朝夕、風を待って炊事せい」

「ははッ」

小頭たちが頷いた。

「それから、山仕事は昼間にするものだ。だから人の目が多い。できるだけ明るい内は火を焚くな。寒かったら蓑を着込んで体を動かせ」

煙の行方に気を配る。歩哨をきちんと立てる。大声を出さない。糞尿は離れた場所に穴を掘って始末する——敵に発見されないためには、そんなところが大切であろう。茂兵衛は、その旨を小頭たちに伝え、配下の足軽たちに徹底させた。

数日の間、大きな動きはなかった。

歩哨に立っていた足軽が、遠くにクマを見たとか、イノシシに威嚇されたりはしたものの、幸いにも人が、別《わ》けても敵が、姿を見せることはなかった。

茂兵衛は万次郎を連れ、毎日付近の森を歩いた。地形や植生、目印となる大木や巨岩などを頭に叩き込むためだ。小頭の服部、篠田、佐々木も、交代で榛原の監視場所に詰めていた。それぞれの立場で頑張ってはいるのだが、待てど暮らせど荷駄隊は来ない。

「万次郎、もう十日が経つぞ」

さすがの茂兵衛も不安になり、万次郎に質してみた。

「武田の荷駄隊は、海沿いの道を選ばず、今少し内陸の道を選んだのではあるまいか？　榛原で見張っていても無駄足なのではないか？」

「ふん、内陸の道だと？　わざわざ徳川勢の近くを通るもんかね」

無礼にも万次郎は鼻先で笑い、言葉を続けた。

「海沿いに来れば、榛原までは平坦で、見通しがようきく。まともな大将なら、海沿いを来るさ」

「ならばあと五日待とう。半月待っても来ないようなら、監視場所を増やす」

「ああ、分かったよ」

渋々、万次郎が頷いたとき、息を切らせた足軽が一人、藪から飛び出してきた。服部宗助配下の若い槍足軽である。

「植田様、武田の小荷駄が榛原に向かっております！　アリの行列のように、延々と連なって海沿いをやって参ります！」

「よし、来たか！」

思わず万次郎と顔を見合わせ、頷きあった。

半刻（約一時間）ほどで、露営地から谷を三つ隔てた沢の斜面への展開を終えた。駄馬が通れそうな道と言えば「ここしかねェ」と万次郎が太鼓判を押した場所である。ここで敵を待ち伏せることにした。

道は沢筋に沿って東から上ってくる。沢尻に比高四間（約七・二メートル）ばかりの滝があり、それを巻くようにして道は斜面を上り始める。自然、隊列は渋滞するだろう。斜面上方の草叢の中には、指揮官である茂兵衛の他に、嘉六を筆頭に善四郎が選抜してくれた五人の弓足軽が陣取っている。まず先頭を馬でくる小荷駄頭を射殺《いころ》し、それを合図に沢の斜面に隠れていた足軽隊が、左右から槍の穂先を揃えて突っ込む。短時間で武田の護衛隊を殲滅した後、荷駄の兵糧は焼却し、馬と陣夫は解放する手筈だ。後は、退却路を知られぬよう、細心の注意を払えばそれで終わりだ。

茂兵衛の配置には五人の弓足軽の他に、万次郎と富士之介と吉次がいた。敵が姿を現すまでには、まだ半刻（約一時間）はありそうだ。このまま緊張の中でしばらく過ごすのかと思えば、若干気詰まりだった。

茂兵衛は傍らにうずくまる嘉六に鼻を寄せ、クンクンと臭いを嗅いだ。

「ほう、おまん、臭うないのう」

「へい、二日に一度は川で体を拭いておりましたから」

そう命じたのは茂兵衛自身である。定期的に体を拭き、洗濯を済ませた具足下衣を着ていれば、臭いで敵に気取られる心配はない。

「人を含めて、獣の臭いは、山の中では案外遠くにまで流れていくものよ」

と、したり顔で万次郎が呟いた。彼の獲物は、クマやイノシシ、シカやタヌキなどだが、それらの臭いを正確に嗅ぎ分けられるという。

「ときに万次郎よ。おまん、一緒に戦ってくれるのか？　もし手柄を立てれば、褒賞をとらすぞ？　侍への道も拓けよう」

茂兵衛は、万次郎が手に持つ半弓に目をやりながら質した。

「や、俺ァ人殺しはしねェ。後生が悪いら」

彼は猟師である。日頃から獣の命を奪うことで生計を立てている。この上に人命まで奪ったら、それこそ地獄に落とされるというのだ。戦の手伝いはしても、戦に参加し、敵を倒す気にはならないらしい。

「その半弓には期待しておったものだが……残念だな」

万次郎の鏃には、トリカブトの毒が塗ってある。毒矢を使わなければ、クマやイノシシなどの大物は獲れないらしい。

数日前の露営の夜、季節はずれのヤマメを焼きながら万次郎が「猟師は誰もそうよ。半弓使いは大概トリカブトを使うら」と話すのを聞いたとき、茂兵衛は冷や汗をかいたものだ。姉川戦《あねがわのいくさ》のおり、猟師上がりで半弓を使う敵足軽と一騎打ちを演じた。「腕や、足に当たったぐらいは平気」と遮二無二突っ込んだが、ひょっとしたら、あれもトリカブトを塗った毒矢であったのかも知れない――ナンマンダブ、ナンマンダブである。

その時、川下で低く口笛が鳴った。服部だ。荷駄隊が来た合図だ。一同に緊張が走る。

小声で嘉六に「小荷駄頭を射殺した後は、おまんら弓足軽は乱戦に加わるな。周囲に散らばって見張り、逃げる敵を仕留めよ」と命じた。養成に手間のかかる弓足軽は大切に扱わねばならない。茂兵衛自身は、富士之介と吉次を連れ、突っ込むつもりだ。

一町（約百九メートル）先の岩陰から兜武者が姿を現した。馬から下り、轡を自ら引いている。馬が足でも痛めたのだろうか。彼は、不心得にも面頬を着けていない。その後には、続々と武田の荷駄隊が続いていた。

茂兵衛は弓足軽たちに囁いた。

「見えるか？　筋兜の侍は面頬を着けておらん。奴の顔に矢を集中させろ」

五人の弓足軽が一斉に頷いた。背後で槍を構える富士之介が、ゴクリと生唾を飲み下した。戦いが目前に迫っていた。

弓足軽たちが使う矢の鏃は、毒こそ塗っていないが、巨大で重い。当世具足《とうせいぐそく》を射抜くには、鏃は鋭さよりも重量と、矢柄との接続部の補強が重視された。それでも十間（約十八メートル）離れると甲冑を射抜くのは難しい。今回の小荷駄頭のように面頬を着け忘れると、射手は助かる。

草叢に隠れ、茂兵衛は待った。一撃必殺、十分に引き寄せ、確実に倒さねばならない。

荷駄隊が斜面を上り始めた。

五人はすでに弓を満月のように引き絞り、茂兵衛の号令を待っている。

「矢を番《つが》えろ」

小声で命じた。

二十間、十五間、十間――どんどん近づく。

うつむいて坂を上っていた小荷駄頭が顔を上げた。髭を蓄えた壮年の侍だ。茂兵衛と目が合った。小荷駄頭の足が止まった。

「放て！」

放たれた五本の征矢のうち、四本までが小荷駄頭の顔に突き刺さった。侍は後方へと弾き飛ばされ、ぴくりとも動かなかった。鏃が脳に達したのだろう。引いていた馬が嘶き、棹立ちとなった。

「かかれッ！」

槍を構えて、草叢から飛び出した。富士之介と吉次が続く。

馬の後方を歩いていた二人の足軽が反射的に槍を構えたが、茂兵衛が一人を瞬時に突き殺すと、もう一人を富士之介が槍の柄で殴りつけた。ガックリと膝を突いた敵足軽の下腹部に吉次が槍先を入れ、止めを刺した。今このとき、二人の若者は初めて人を殺した。この先、茂兵衛のように十人、百人と殺し続けていくのだろうか。

「旦那様、か、兜首は？」

「たァけ。討ち捨てじゃ！」

そもそも小荷駄頭を倒したのは弓足軽たちだ。首級《しゅきゅう》に拘った富士之介を怒鳴りつけ、坂を駆け下った。

足軽以外の陣夫たちは馬すら捨て、斜面を逃げていく——が、襲撃者は前からだけではないのだ。三十人の槍足軽が、周囲の藪から湧き、奇声を上げて突っ込んでくる。荷駄隊は平静を失い、完全に浮き足立った。

「武者は皆殺しにせい！　陣夫と馬は殺すな！」

と、喚きつつ、只管《ひたすら》突き刺し、槍で殴り、蹴飛ばしながら前へ前へと進んだ。

戦いはすぐに終わった。護衛の徒士と足軽は全員、問答無用で突き殺した。骸《むくろ》を数えると小荷駄頭以下、二十五人しかいない。武田勢にとって虎の子である高天神城を維持するための大事な兵糧だ。その護衛が二十五人とは——

（このことは、殿様に報せたほうがええな）

茂兵衛は心中でほくそ笑んだ。小山城に、さほどの人数が籠っていないことの証と言えないか。ただでさえ人数が足らぬのに、今日新たに二十五人が討死したのだ。小山城——今なら簡単に落とせるのではあるまいか。

逃げ遅れた陣夫たちは、狭い河原に集められ、座らされていた。

「皆の衆に一つ、話しておきたいことがあるら」

陣夫たちの前に槍を杖として立ち、茂兵衛は静かに語りかけた。

「この度、徳川三河守様は、御自ら攻め落とされた諏訪原城を、今川氏真様に献上した。どうじゃ驚いたか、現在の諏訪原城主は今川氏真様である。本来、この遠江と駿河の太守であられるべき今川家の御当主に、我が殿は気前よく城を譲られたのじゃ。このことを皆の衆はどう思うか？」

「………」

目の前で二十五人からの武田勢が惨殺された直後なのだ。恐怖に打ち震える陣夫たちはポカンと口を開け、焦点の合わない目で、青褪めた頬で、呆けたように茂兵衛を見つめていた。

「すなわち、我ら徳川には私心や我欲などは一切ない。只管、今川家再興のため、遠江の安寧のため、侵略者である武田と戦っておるのじゃ。略奪者である武田から城や土地、物資を奪い返しておるだけのことじゃ。皆の衆の出身はどこか？　甲斐や信濃《しなの》ではあるまい。遠州か？　駿河か？　つまり元は今川を主《あるじ》と仰ぐ民草だったはず。武田は今川を滅ぼした憎き敵《にっく》。一方、徳川は今川のために戦うお味方じゃ。嘘だと思うなら諏訪原城に行ってみろ。城主の今川氏真様に会えるから」

と、陣夫たちに長々と伝えてから馬とともに解放してやった。この演説でなにが変わるとも思えないが、もし勝頼の耳に入れば、さぞや不快な思いをするだろうし、今川氏真を牧野城主に据えたのは事実なのだから、少なくとも遠江や駿河の庶民の間で家康の声望が高まることは間違いなさそうに思われた。

馬は陣夫たちに返還したが、荷はすべて没収した。内容は、米と味噌と塩、若干の打ち豆である。どこの兵糧も代わり映えしないものだ。打ち豆とは、柔らかく煮た大豆を叩いて潰し、天日で干した食品である。そのまま齧《かじ》ったり、味噌汁の具材に使ったりする。

足軽たちに命じ、持てるだけの物資を持たせ、残りは積み上げて火を放った。勿体ないとは思ったが、とても四十人の人間で運べる量ではない。

期待した武器弾薬の類《たぐい》は見当たらなかったが、むしろ茂兵衛が興味を引かれたのは手紙である。軍令書のような機密書類ではなかったが、高天神城に籠る夫や兄弟への家族からの文が数十通も手に入った。露営地に戻ったら一通一通、丹念に目を通してみようと思っている。あるいは高天神城内や、武田領内の情報が認《したた》められているやも知れない。

「ね、旦那様？」

谷間の露営地へ帰る途中、米俵を二つ（約百二十キロ）抱えた富士之介が、歩きながら茂兵衛に訊いてきた。

「おう、なんら？」

「最前のお話ですが……家康公は、本当に今川家のために戦っておいでなのでしょうか？」

「……」

少し答えづらかったが、ま、奉公人には正直に伝えるべきだ。

「ありゃ建前よ。どこの大名家でもやっとることだがね。織田信長は尾張《おわり》守護の斯波《しば》氏を、滅んだ浅井長政《あさいながまさ》も、近江《おうみ》守護の京極《きょうごく》氏を形の上では奉《たてまつ》っとった。うちの殿様は、決して非道なお方ではないが、他人のために家来の血を流させるほどのお人好しでもねェら」

と、歩みを止めることなく茂兵衛が答えた。

「や、それを聞いて安心しました」

「え、なにがよ？」

「や、他所《よそ》の知らねェ殿様のために命を懸けて戦うのは『御免だら』と吉次と話しとりました。な？」

と、吉次に振り向いた。

「そりゃそうだら。領地を広げても、全部今川衆に返したんじゃ、三河衆が加増にあずかる土地はなくなっちまう」

味噌樽を抱えて歩く吉次も同調した。

「ハハハハ、そりゃそうだら」

米俵を担いで先を行く万次郎が、さも可笑しそうに声を上げて笑った。

ちなみに、二年後の天正五年（一五七七）、家康は、今川氏真を浜松《はままつ》へ召還し、牧野城主を解任している。確かに、氏真は名前だけを家康に利用され、彼が駿河遠江の太守に返り咲くことはなかった。だが、彼の子孫は今川宗家、旗本品《しな》川《がわ》家などとして代をつなぎ、明治を迎えている。

六

その後、十月の間に、茂兵衛の遊撃隊は二度、武田の荷駄隊を襲撃し、高天神城への兵糧の搬入を阻止した。武田方も、道を変えたりしてみたようだが、牧之原の森に詳しい万次郎がその都度、進路を読んでくれた。

十一月に入ると武田勢は、相良村に物資の集積拠点を築き始めた。それも周囲を柵で囲んだ厳重なものである。牧之原台地での度重なる襲撃に懲り、中継地点を城塞化するつもりであろう。場所は萩間川《はぎまがわ》の河口部で、船を寄せれば直接荷揚げができる。

「砦か……敵さん、本腰を入れてきよったら」

露営の夜、服部宗助が炎を見つめながら呟いた。大分寒くなってきている。煙を見られる心配はあったが、陽が落ちると焚火は欠かせない。

「相良村に砦が完成すれば、ワシらの仕事もやり難くなるがね」

と、佐々木が返すのを、茂兵衛は黙って聞いていた。ときおり焼飯を小袋から摑みだしては、口に放り込んだ。こう寒いと酒が恋しくなるが、武田の小荷駄隊は夜間も行動するから、酒は厳禁である。

「砦が完成せんでも、色々とやり難うなっとるわ。物見の篠田は、今頃凍えとろうさ」

砦の普請場を見下ろす高台で、まさか火は焚けない。

「この先、冬が深まれば焚火なしというわけにもいかん。監視場所をよほど遠くに移さねばならんだろうな」

茂兵衛が、小頭たちの議論に割って入った。

「遠くからでは、物見になりませんでしょう」

佐々木が茂兵衛に反論した。

さらに、今までは海沿いの道を来る荷駄隊を遠くから見つけ、この露営地に早い段階で第一報を入れることができた。城が完成すれば、城門を出た荷駄隊は半刻（約一時間）あまりで牧之原の森に入ってくる。通る道を見定めねばならないし、待ち伏せの準備をする暇もなくなろう。そもそも、一里（約四キロ）弱の近場に、百人かそこらの敵兵が寝泊まりしているとなれば、こんな吹き曝《さら》しの露営地で呑気に過ごしてはいられなくなる。

「ま、やり難くはなるわな」

茂兵衛は嘆息を漏らし、また焼飯を口に放り込んだ。

（いっそ……焼いちまうか？）

茂兵衛の頭に妙案が浮かんだ。相良の普請場には人足こそ多かろうが、護衛の数は高が知れているはずだ。寝込みを襲って護衛の武田兵を殲滅し、人足たちを追い払い、後は資材を焼き払う。幾度か繰り返せば、武田勢は相良への普請を諦めるかも知れない。

「服部、佐々木、普請現場の護衛は幾人ほどか？」

「手前が見たのは昨日の朝でしたが、大した数ではございません。二十か三十かそこら」

と、佐々木が答えた。

「今宵の月は？」

「上弦、月はもう沈みました」

闇夜か――雨も降りそうにないし、襲撃にはもってこいの晩だ。

「足軽たちを集めろ。甲冑を着せ、槍と火打石を持たせる。夜道を行くので、肩先に白い布片を結ばせろ。それ以外の荷はすべてここへ置いてゆく。四半刻（約三十分）後に出発じゃ」

「ははッ」

二人の小頭が立ち上がった。

万次郎に相良村までの道案内を命じ、小頭が不在の篠田隊の足軽たちには、茂兵衛が自ら命じて支度をさせた。

「皆の者、これから相良村まで下りる」

茂兵衛は足軽たちを集め、意図を説明した。

「武田方は相良に砦を築きつつある。柵や壕ができてからでは攻め難いので、今のうちに焼き払う。各自火打石は持ったか？」

足軽たちが無言で火打石を掲げて見せた。

「まずは符丁《あいことば》を覚えよ。空と呼びかけ、花と応じる。よいか、確《しか》と覚えよ。空と花だ」

皆、小声で復唱した。闇の中で乱戦になれば、符丁と肩に結んだ白布だけで敵味方を識別せねばならない。

「手筈はいつもの通り、まずは武田の護衛を叩く。その後、人足たちを解放した上で、砦と資材に火を放つ」

「人足と敵足軽、闇の中でどう見分けまするか？」

服部が質した。もっともな疑問である。

「足を見ろ。野袴なら具足下衣だ。足軽じゃ、殺せ。褌《ふんどし》姿か股引《ももひき》なら人足だから逃がせ……ま、多少の間違いは大目に見る」

「承知」

「小頭の命令の通りに動け。さすれば全員でここへ戻って来れよう。よいなッ」

「おうッ」

気合の入った返事だ。士気は高い。

茂兵衛の遊撃隊は、闇の中を進んだ。

山中を行軍するときの心得が十分にゆき届いており、隊列からは、私語はおろか咳《しわぶき》一つ聞こえない。この一ケ月《ひとつき》あまりのうちに、三度荷駄隊を襲ったが、一人の死者も出していないのだ。新米や補充兵がおらず、兵たちの練度が向上している証である。

茂兵衛の配下に死者が出ていないのは、相手の問題でもあった。

実際に槍を交えて感じたことだが、以前の武田勢とは明らかに違っている。足軽衆の劣化が酷い。逃げこそしないが、槍を構えて呆然としているだけの少年や老人の姿が目につく。対する茂兵衛隊の足軽たちは、いずれも旗本先手役の猛者《もさ》揃いだから、太刀打ちできるはずがないのだ。

（こりゃ、長篠の影響に相違ないら）

と、茂兵衛は見ている。

長篠で勝頼が率いた兵は一万五千で、そのうち一万人ほどの死者が出た。これは異常な数字である。

家康は三方ヶ原《みかたはら》で壊滅的な敗戦を喫したが、死者の数は、多く見積っても二千足らずだ。織田の援軍を含め、一万人で突っ込んで二千人が帰らなかった。五人に一人が討死——それでも大惨敗で、今も家康は、その政治的な後遺症に苦しんでいる。

一方、長篠での勝頼は、一万五千で馬防柵への突貫を、延々と八時間も繰り返し、三人に二人を討死させた。完全に退き時を間違えたのだ。その敗戦から、まだ半年しか経っていない。荷駄隊が運んでいた高天神城兵への手紙にも、勝頼を名指しこそしないが、軍役が厳し過ぎるとの不満の言葉が散見された。

（ふん、勝頼の野郎、兵を集めるのに相当苦労しとるようだら。ガキでも爺ィでも構わず無理矢理連れてきて槍だけ持たせる……そんな弱兵で、俺ら三河衆に歯

が立つもんかい）

足軽雑兵が戦に赴く動機は、あくまでも利得である。

手柄を立て、侍に取り立てられる。感状や褒賞にあずかる。敵地の民家に押し入って、女を犯すか、小銭を巻き上げる――いずれにせよ、欲得づくなのだ。ただし、それもこれも戦に勝っての話で、弱い大将に付いて、大負けすれば功名どころか自分の命を失いかねない。長篠戦で大惨敗を喫した勝頼が、兵の動員に苦労していることは想像に難《かた》くなかった。

ふと潮が香った。海が近い。

万次郎は、普請場北方の森に茂兵衛たちを誘導した。左手には萩間川が流れている。一旦そこで集結して態勢を整えるのだ。その間、万次郎は物見場所に上り、篠田と二人の足軽を連れて下りてきた。これで全員が揃った。

「植田様、火矢はいかが致しますか？」

嘉六が訊ねた。

「そうさな……」

一瞬、考えた。茂兵衛隊は暗い山道を一刻（約二時間）近く歩いてきており、闇に目が慣れている。対する武田勢は、小屋の中で灯火を使っていよう。戦いが始まってしばらくは目が慣れずに往生するはずだ。わざわざ火矢で灯りを提供してやることはない。

「嘉六、火矢は要らん。おまんら五名はいつも通り、周囲に散らばり、逃げる敵を射殺せ」

「はッ」

「服部、おまんの組は反対側へ回れ。ワシらが鬨を作ったら、おまんらも突っ込むのだ」

「はッ」

服部が十人の配下を率い、音もなく森から消えた。

「ついてこい」

小声で命じ、木立から忍び出て草叢の中にしゃがんだ。星明かりで、森の中よりはよほど目が利く。配下たちの吐く息が白い。一町（約百九メートル）先に、普請場の宿舎と思われる灯りが見えた。

「佐々木と篠田の組はこの場で一列横隊」

部隊は静かに展開した。

「敵の歩哨に気づかれるまでは走るな。身を低くしてにじり寄れ。歩哨に誰何《すいか》されたら、それを合図に全員で鬨を上げて突っ込む。ええな」

「おうッ」

小声で最後の意思疎通を図った。

「足軽隊、前へ」

闇の中でほの白く見える草紅葉《くさもみじ》の中を、身を屈め、槍を引きずるようにして進んだ。一町（約百九メートル）手前から始めて、四十間（約七十二メートル）、二十間（約三十六メートル）、十間（約十八メートル）と近づく。

「だ、誰ずら？」

不意に声がかかった。ずら──甲斐言葉だ。

「よし、突っ込め！」

二十数名が一斉に鬨の声を上げ、槍を構えて走り始めた。

普請場の反対側からも、服部組が作る鬨の声が聞こえてくる。

砦の普請は環壕《からぼり》を掘るところから始められていた。深さ二間（約三・六メートル）ほどの溝が普請場を囲むように掘られ、残土が溝に沿って高く盛り上げられていた。これが後々土塁となり、丸太の柵を立てれば一端《いっぱし》の砦となる。そうなれば、四十人規模の足軽隊ではとても落とせない。しかし、今はただの溝だ。

一度、壕の底に飛び降りてから、残土の斜面を駆け上った。腰の周囲で草摺《くさずり》がカタカタと鳴っている。

「て、敵襲だァ」

と、最前の歩哨が叫んだが、すぐに数本の槍が彼の体を貫いた。

(立派な兵《つわもの》だら。逃げずに、仲間に敵襲を報せて死んだ……ナンマンダブ、ナンマンダブ)

小屋からバラバラと、槍を手にした男たちが走り出てきた。多くは具足下衣だけで、鉄笠さえ被っていない。どこでも刺せば刺さる。

「おりゃッ」

神速で先頭の男を突き伏せ、二人目は殴り倒し、数歩進んで腹を貫いた。

「人足は見逃してやれ。武者は殺せ!」

と、叫んだ刹那——ガン。

強《したた》か兜を上から殴られた。目の中に火花が散り、首が肩にめり込んだ。不覚にもガックリと片膝を突いてしまった。

(ま、まずい)

茂兵衛は、次の一突きが下腹の辺りに来るのを覚悟した。

しかし、槍先はこなかった。背後からついて来ていた富士之介と吉次が、敵と茂兵衛の間に割って入ってくれたのだ。

当世具足と小具足で防御した兜武者は、容易には倒せない。槍で貫き通せる箇所が限られてくるからだ。無闇に突かず、とりあえず殴りつけるのは戦場での立派な心得と言える。つまり、この敵は危険だ。経験不足の奉公人に相手をさせるわけにはいかない。

「こいつは俺が倒す」

と、奉公人二人を押しのけて前へ進み出た。

（や、野郎……）

見れば、鎧直垂《よろいひたたれ》姿の武士だ。小柄だが肩幅が広くガッチリとしている。暗くてよくは見えないが、おそらくは少年でも、老人でもなかろう。槍の構えからして、いかにも古強者《ふるつわもの》だ。

「小荷駄頭か？　名があるなら聞いておこう」

と、茂兵衛が質した。

「ふん、山賊ずれに語る名などないわ」

「山賊だと？」

「違うのか？　貴様は、荷駄隊を襲う牧之原の山賊だろうが！」

（そんな風に呼ばれてたのか……ま、山賊と言えば、山賊か）

武田勢は、三回も荷駄隊を失っている。相当、恨まれているようだ。ただ、敵から恨まれるのは武人の誉《ほま》れであろう。むしろ痛快だ。

「吉次、富士之介、ここはもうええ。向こうへ行って手柄を立ててこい」

「はッ」

と、返事はしたが、背後で槍を構えたまま動こうとしない。主人を放っておいて、己が手柄を求める気にはならないのだろう。忠臣である。

「ほらッ」

古強者が、茂兵衛の下腹部を狙い、正確に突いてきた。

後方へと飛び退きざま、上から叩いてかろうじて穂先を避けた。突きが鋭い。構えたところから、そのままフッと突いてきた。これが未熟者だと、突きを入れる前に力み、肩を怒らせるから「来る」と相手に悟られてしまうものだ。

（相当な腕だら）

ただ、自分は甲冑姿、対して古強者は直垂しか着ていない。この優位性を生かして早めに片をつけよう。

「そら、そらそらそら」

槍の石突を摑み、頭上で大きく振り回しながら前進した。古強者が二歩、三歩と退く。さらに踏み込み、初めて突きを入れた。

「えいッ」

どこを刺しても刺さるのだ。胸のど真ん中を狙って突いた。

ところが、敵は機敏に上体を捻り、間一髪、茂兵衛の槍を摑み、左脇の下へと抱え込んだ。

（し、しまったァ）

慌てる茂兵衛に向け、古強者は右手一本で槍を突き出したが——これだけは悪手だった。鋭さの無い片手突きである。茂兵衛は容易《たやす》く敵槍を摑めた。

妙な体勢になった。

互いに相手の槍を脇に抱え込み、自分の槍も手放さないで睨み合っている。ちょうど間に、二本の橋を架けたような格好だ。

（こういうときはな……未練がましい方が死ぬのよ）

茂兵衛は二本の槍をパッと手放した。暗い中でも古強者の狼狽ぶりが見て取れた。茂兵衛は槍と槍の間を走り寄り、刀で抜き打ち——

ブン。

間合いが遠く、切っ先は空を切った。どうにも剣術だけは上達しない。しかし、古強者が槍に拘ってくれたお陰で助かった。長い槍を振り回そうとするが、すでに茂兵衛は懐に飛び込んでいる。相手に抱きつくようにして深々と腹を刺した。

「ぐえッ」

膝から崩れ落ちたところを圧し掛かり、首に切っ先を突き立てた。

## 七

牧之原台地での茂兵衛隊の組織だった戦いは、この夜襲が最後となった。

度重なる襲撃に懲りた小山城が、甲斐本国からの増援を受け、荷駄隊に百人からの護衛をつけるようになったのだ。これでは手が出せない。相良村の砦も土塁と柵が完成し、こちらも四十人の手勢では攻め辛くなってしまった。

それでも、護衛の少ない、手の出せそうな荷駄隊が来ぬものかと、見張りだけは続けさせた甲斐があって、荷駄隊でこそないが、面白いものが網《あみ》にかかった。

「商人風の男が二人。西から参ります」

偶さか見張りに立っていた富士之介が、走り戻ってきて報告した。

「ほう、西からか」

小頭たちは色めき立った。

堅気の商人なら、歩きやすい往還を選ぶ。こんなクマやイノシシが闊歩《かっぽ》する山道を選びはしないだろう。街道を見張る徳川方の目を避けているとしか思えない。西から来るということは、高天神城から抜け出してきた敵方の侍が商人に化けている可能性もある。

(や、それはねェかな)

心中で茂兵衛は呟いた。武田方の侍とは思えなかった。

高天神城は孤立してはいるが、徳川の攻め手が始終城を囲んでいるわけではない。見張っている程度だから、多少の情報は城内に入っているはずだ。徳川方の遊撃隊が牧之原の森で活動中であることは城兵も知っていよう。わざわざ敵の網に飛び込んでくる馬鹿がいるだろうか。

「よし俺が行く。服部組、一緒に参れ」

と、富士之介に案内させ、露営地を駆け足で出発した。まずは捕まえて、吟味してみることだ。勝手知ったる森の道である。どこで待ち伏せれば有利かも目途はついていた。

「おい、待て」

服部と富士之介を従えて木陰から飛び出し、細い山道を塞いだ。

「ワシは、徳川三河守の家臣で植田茂兵衛と申す者。役儀により話を聞きたい」

二人の商人は足を止め、慌てた様子で踵を返したが、すでに背後では足軽たちが槍を構え退路を断っていた。囲まれたことを悟ると、前を歩いていた壮年の男が小腰を屈め、諂《へつら》うような笑顔で茂兵衛に歩み寄ってきた。

「手前どもは、吉田《よしだ》の御城下で穀物を商っております桔《き》梗《きよう》屋《や》の奉公人、手前は番頭の三右衛門《さんえもん》と申しまする」

茂兵衛は、傍らの服部を見た。服部は酒井忠次の家来として吉田城下に長く暮らしていた。

「桔梗屋、確かに聞き覚えがございま……ん？」

「お、おまん！」

服部が顔色を変え、言葉の最後を飲み込んだ。

「あぁッ！」

桔梗屋の奉公人を名乗る二人のうち、後方にいた若い商人が、菅笠の下から服部の顔を見て呻《うめ》いた。

「そのなりはなんだ？　おまん、いつから商人になった？」

その遣り取りを聞いた番頭が「チッ」と舌打ちをする。腰の脇差を抜き、やおら茂兵衛に突きかかってきた。

「だ、旦那様！」

後方で槍を構えていた富士之介が、主人の危機に狼狽し、三右衛門の腹を突き刺した。

「た、たァけ。殺すな！」

取り調べねばならないから、必ず生け捕りにせよと、あらかじめ厳しく命じていたはずだ。

それを見ていた服部から「おまん」と呼ばれた男は、身を躍らせ、藪の中へと駆けこんだ。

「皆で追え。ただし殺すなよ！　生け捕りにせよ」

「こら、待たんか！」

服部が、逃げた男の後を追い、先頭を切って藪に飛び込んだ。

茂兵衛と富士之介は、山道に残った。足元では番頭の三右衛門が、目を大きく見開き、海老に反り返り、ガクガクと痙攣《けいれん》を始めている――直に死ぬ。

「も、申しわけございません」

富士之介が、大きな体を二つに畳んで茂兵衛に詫びた。

「ま、俺の身を案じてのことだから叱りはせんが……俺ァ大層な甲冑を着込んでるんだ。対して相手は脇差一本……槍の柄でブン殴るぐらいで十分だろうが」

「へ、へい」

富士之介は体力が無双だし、真面目だし、槍の腕も上達した。酒乱を恥じて一切禁酒している点も見上げたものだ。徳川直参の槍足軽に推挙しようかとも思っていたのだが、今のように、急に何かがあると気が動転して判断を誤りがちだ。要は度胸がない。胃腸が弱く体力面に難のある三十郎共々、植田家の家臣として茂兵衛の下に置いておく方が無難なようだ。

ザワと藪が鳴り、服部が足軽隊を率いて戻って来た。足軽たちに抱えられた男は、喉から夥《おびただ》しい量の血を流し、ぐったりとして動かない。すでに死んでいるようだ。

「一町（約百九メートル）ほど先で追いつきましたが、この通り喉を突いて果てましてございまする」

「知り合いだったのか？」

「はい。実は……」

ここで服部は一歩茂兵衛に近寄り、袖を摑むと、一団から少し離れて耳元に囁いた。

「拙者の実弟にございます。名を松之助《まつのすけ》といい、七人兄弟の末っ子。拙者より十ほど若うございました」

服部は、弟の死を悲しむというより、事情が分からず、かなり動転しているように見えた。

「弟御は、商人ではなかったのか？」

服部が声を絞ったこともあり、茂兵衛も囁き声で質した。

「岡崎では殿の奥方様……築山《つきやま》殿にお仕えしておりました。身分は徒士なれど、一応は武士にございます」

「ほう」

遥々《はるばる》岡崎から来たのであれば、徳川方であっても、ここ牧之原で茂兵衛隊が活動していることを知らなかった説明がつく。

「ただ、拙者に気づいて、なぜ逃げたのか？　なぜ喉を突いて死なねばならなかったのか？　なにがなにやら見当も……」

服部が頭を抱え込んだ。

「この山道を東へ行けば、牧野城方面だな」

「左様で」

家康の正妻の家来が商人に変装し、おそらくは家康に隠れ、山道を牧野城方面に向かっていた。しかも、自刃して果てた。決して家康に知られたくない——ある意味「後ろめたい役目」を担っていたとしか思えない。

「富士之介」

「へい」

「骸をよく調べてみろ」

と、動かなくなった番頭の三右衛門——どうやら詐称らしいが——を指した。

「密書を携えているかも知れん。下帯から草鞋《わらじ》の紐、髷《まげ》の中まで丹念に調べろ」

「へい」

「服部」

やはり小声で命じた。

「はッ」

「弟の骸は、おまんが調べろ。肉親の情は分かるが、手心は加えるなよ」

「ははッ」

結局、二人の骸から密書などは一切出てこなかった。

（おかしいな。こいつら命を懸けてた。なにかあるはずだら。もう一度捜すか）

茂兵衛は、服部の弟が逃げた藪とその周囲をくまなく捜索させた。

「逃げながらなんぞ投げ捨てたかも知れん。両脇の藪の中までよく捜せ」

半刻（約一時間）も捜索しただろうか。カラスが鳴き、森の中が暗くなり始めた頃、ようやく服部が竹筒を手に藪から出てきた。

「配下の者が見つけましてございます」

竹筒の中には、細く畳まれた書状が入っていた。意気込んで広げてみたが、読むにはもう暗い。露営地に戻り、焚火の灯りで読むしかない。二人の遺体を運ぶよう命じた。

手紙の内容は、拍子抜けするほどにありきたりな挨拶状であった。桔梗屋主人から牧野城下に住む友人への時候の挨拶——とても密書と呼ぶような内容ではない。

「死んだ男は、逃げながら竹筒を投げ捨てた。その後、喉を突いて果てたからには、この書状になにか秘密が書かれているはずなんだがなァ」

「命を懸けるほどの書状には見えませんなァ」

焚火にかざして手紙を読みながら、小頭の篠田が呟いた。

「あの」

弟の件があって以降、押し黙っていた服部宗助が、小さく声を上げた。

「拙者、出自は伊賀《いが》にございます。正規に忍《しのび》の術を習った覚えはありませんが、門前の小僧とやらで、いささか知識がございます。植田様は『あぶりだし』という言葉を御存知で？」

「や、知らぬ」

返事をしながら手紙を服部に手渡した。

「灰汁《あく》抜きや、染色に使う明礬《みようばん》という薬剤を水に溶き、紙に文字を書きまする。渇くと文字は消えますが、火に炙ると、文字はまた浮かび上がって参ります」

そう言いながら、服部は焚火の炎に手紙をかざし、少し炙ってみせた。

「おお、手妻《てづま》のような！　本当になんぞ文字が浮かび上がってきましたぞ」

覗き込んでいた小頭の佐々木が驚嘆の声を上げた。

「か、貸してみろ」

茂兵衛は、服部の手から書状を引っ手繰った。

なんの変哲もない時候の挨拶の行間に、茶色い文字で綴られた別の文章が浮かび上がっている。

「これは……牧野城の今川氏真様宛ての書状だら。差出人は……せな、とある」

「せな？　瀬名姫なら殿の奥方様……築山殿のお名前ではありませんか？」

そう言って篠田が、茂兵衛の顔を覗き込んだ。

服部が幾度も瞬きを繰り返し、掌で顔を二度拭った。

「瀬名姫？　そうなのか？」

築山殿との通称は知っていても、その名前までは知らなかった。

服部松之助が運んでいた、築山殿の手紙——その内容は、炙り出しの文面を含めて、男二人が命を投げ出すほどのことは、なにも書いていなかった。

家康の正妻にして、信康の生母である築山殿は、故今川義元《よしもと》の姪であり、氏真とは従兄妹《いとこ》同士の関係にある。築山殿は氏真の牧野城主就任を祝し、今後とも良しなにとあたり障りのないことを書いているだけだ。これしきの手紙をなぜ、忍まがいの手法を用い、夫である家康に隠れ、密かに運ばせねばならなかったのだろうか。

（ま、ここで俺がアレコレ考えても埒《らち》は明かん。ことは夫婦の機微に関わることやも知れんしな）

茂兵衛は掛川城の家康に、炙り出しの密書をそのまま転送することに決めた。

（厄介ごとは丸投げに限るわい）

密書を入手したときの状況や経緯を認めていると、服部宗助がやってきた。周囲に人がいないことを確かめた上で、茂兵衛の傍らに片膝を突いた。

「折り入って、御相談したき儀がございます」

「なんだ？」

「その書状は、殿様に送る報告書《かきあげ》にございましょう。密書を運んでいた者が、服部松之助であることもお書きになるのでしょうか？」

「無論書く。炙り出しの書状を、築山殿の家臣が運んでいた事実が、本件のキモだからなァ」

「お言葉ですが、差出人が築山殿と署名から判明しておるのですから、現に誰が運んでいたかはさほどに重要ではない、のかと」

「たァけ。おまんらしくもない。なにを無茶なことを申しておるのか」

「申しわけございません。ただ、二人の武士が命を投げ出したからには……やはり、よからぬ密書を運んでいたとしか思えませぬ。弟は足軽に毛の生えた程度の徒士、命ぜられるままに運んでいたのでございましょう」

「だからなんだ？」

さすがに不信の念が湧きかかっていた。服部は有能な小頭で、心正しい男だ。上役としての茂兵衛は、服部を買っていたし、仲間としては好感を抱いている。しかし、お役目に関わることで、特別扱いを求めるようでは、今後は評価を変えざるを得ない。

「おい服部、おまんの身内を庇うために、俺に役目を曲げろと申すのか？」

「いえ、そんな滅相な。ただ、弟には十歳を頭に、五人の幼い……」

「知るか！　もうええ。あっちへ行け」

「う、植田様……」

服部が茂兵衛の膝に手をかけた。

「くどい！」

茂兵衛が、乱暴にその手を払いのけた。

気づけば、あちこちで足軽たちが作業の手を止め、上役二人の諍《いさか》いを不安げに眺めている。

「服部、おまんは今から見張りに立て。少し頭を冷やしてこい」

「はッ」

日頃は忠実で物堅い小頭が、数歩引き下がり、頭を深く垂れた。

数日後、戻ってきた主人の返事には「全員、掛川城に戻れ」と認めてあった。この牧之原での山賊稼業もどうやら退き時のようだ。

配下の小頭たちに告げる前に、茂兵衛は万次郎にだけ内々に撤退を伝えた。

「おまんは、この場から消えろ。佐々木や篠田はおまんを殴ると決めとる。しばらくは身を隠せ」

「な、なんで俺が殴られんといかんのよ？」

猟師が目を剝《む》いた。小頭連中から「生意気だ」と嫌われている自覚はあったのだろうが、まさか鉄拳を振るわれるほどとは思っていなかったようだ。

「たァけ。武士を『おまん』呼ばわりして無事で済むかい。下手をすると殺されかねん。給金は久延寺の和尚に渡しておく。後から受け取れ」

「あ、あんたも俺のこと怒ってるのかい？」

「俺ァ怒っとらん。むしろ感謝しとる」

「ほ、ほうかい。そら、よかった」

万次郎が顔をくしゃくしゃにして笑った。

この一ヶ月《ひとつき》あまり、彼なりに努力も苦労もしたのだ。指揮官である茂兵衛にまで全否定されては立つ瀬がない。「感謝しとる」の一言で救われたのだろう。

（俺ァ、よほど甘ちょろい上役なのだろうさ）

自分で自分の度の過ぎた寛容さ——有り体に言えば人の好さか——に、ほとほと呆れた。

先日の密書の件でも、結局、家康への報告書に服部松之助の名は書かなかったのだ。服部宗助の言う通りで、築山殿の手紙を誰が運んでいたかは、ことの本質とは無関係だと分別したからだ。もし、これが謀反に関わる話にでも発展すれば、その一味に名を連ねた松之助の家は当然改易だろう。残された家族は路頭に迷うことになる。それを思って、敢えてその名を伏せたのだ。無論、このことを服部宗助は毫も知らない。

「さ、早く姿を消せ」

「へい、植田様……色々とありがとうございましたァ」

猟師が初めて敬語を使い、深々と頭を下げた。

# 第四章　足軽大将植田茂兵衛

## 一

天正《てんしょう》三年（一五七五）十一月の下旬、茂兵衛とその手勢は掛川《かけがわ》に帰城した。

翌朝、家康に呼び出された。太刀持ちと酒井忠次の他に、幾人かの馬廻衆が同席しており、居室は狭苦しく感じた。

裃《かみしも》姿の茂兵衛は、家康の前に座り平伏した。

「よう戻った」

「荷駄隊を三回襲い、相良《さがら》砦の普請場を焼き払ったと……武田の護衛は、ほぼ討ち取ったと申すのだな？」

声が低いし、生気もない。本日の家康は、あまり機嫌がよろしくないようだ。

「はッ」

「人足は？」

「解き放ちましてございます」

ここで家康は、側近たちの方をチラと窺った。

「奪った荷はどうした？」

「運べるだけは運び、後は燃やしましてございます」

「燃やした？　勿体ないのう」

「殿、吝《しわ》いことを申されますな」

見かねた忠次が、家康の吝嗇《りんしょく》ぶりを諫《いさ》めた。

「荷駄隊から奪った高天神城《たかてんじんじょう》宛ての文の束、確かに受け取ったぞ。それから、旅の商人から奪ったと申すあれも仔細に目を通したが、さほどに有益な話はなかったな」

「も、申しわけございません」

――そんなはずはない。

築山殿の書状は、炙り出しで書かれ、商人に変装した側近が運んでいた。しかも茂兵衛に追われると、二人は命を投げ出してまで書状を隠そうとしたのだ。尋常ではない。それを有益でないとは？　どうにも納得がいかない。

「味方の損害は幾人じゃ？」

「お陰をもちまして、全員無事に戻りましてございます」

馬廻衆が互いに目配せしあっている。嘘だと思われているのかも知れない。

「一人も損ねなんだと申すか？」

「幸いにも、お陰をもちまして」

三十八人の配下と二人の奉公人、さらに案内役の万次郎も無事だ。一人の犠牲者も出さずに済んだことが何よりの誇りだった。

「全員無事？　そのような戦《いくさ》があるものか。お前、手柄を誇らんがために出鱈目《でたらめ》を申してはおらぬか？」

家康から厳しく睨まれ、慌てて面《おもて》を伏せた。茂兵衛は、困惑していた。牧之原《まきのはら》での詳細は、昨日のうちに酒井忠次へ報告済みだ。その折、忠次から咎《とが》め立てられるようなこともなかった。今日の風向きはどうもおかしい。

（ま、全員無事であることは、調べればすぐに分かる。慌てることたァねェや）

「誓って、出鱈目などは申しておりませぬ」

「ふん。ま、ええわい。左衛門尉、後日、確《しか》と調べ報告せよ」

「御意ッ」

命ぜられた酒井忠次が平伏した。

「植田、御苦労であった。下がってゆるりと休むがよい」

「ははッ」

と、再度平伏して主人の前を辞した。

(ま、参ったなァ)

庭に面した外廊下をトボトボと歩きながら、ふと溜息が漏れた。

本当は、もう少し褒められるかと期待していたのだが、家康も不機嫌そうだったし、側近衆の嘲笑《ちょうしょう》するような目つきも不快だった。酒井忠次も、決して茂兵衛と目を合わせようとはしなかった。総じて、評価も称賛もされていないことは間違いない。

(結局、相良の砦は完成しちまったし、高天神城への補給路は完全には潰せなかった。叱責するほどの不手際はねェが、褒めるほどのこともねェ……ま、そんなとこかなァ)

「植田様」

と、背後から呼び止められた。足を止め、振り返ると、家康の小姓が追ってきていた。廊下に片膝を突き、会釈してくる。

「殿より申しつかって参りました」

「はい？」

「次に御兜《おかぶと》を新調される折には『金色《こんじき》に塗った植田家の定紋《じょうもん》の前立を付けよ』とのお言葉にございまする」

「金色の前立を？」

「はい」

「しょ、承知仕《つかまつ》った。かならず左様に致しまする」

兜には、鍬形《くわがた》や日月《じつげつ》、鹿角《しかつの》などの前立や脇立を付ける者も多い。確《かく》とした規定があるわけではないが、あまり身分不相応な飾り物を付けると、揶揄《やゆ》や嘲笑の対象ともなりかねない。ただ、主君から「そうせい」と命じられたのだから、これは堂々と付ければよいはずだ。

（あ、これは褒美だら……そうだ御褒美に相違ねェ）

褒美は領地や銭、刀や茶器ばかりではない。ときに名誉が褒美となる場合もある。家の定紋の、それも金色の前立を兜に付けることが許されたのだ。これは明らかに褒賞であろう。

(有難てェ。結局、殿様は牧之原での俺の働きを、それなりに評価してくれているってことだ)

家中には出頭人の茂兵衛を「百姓上がり」と蔑《さげす》む者が少なからずいる。家康は彼らに配慮して、茂兵衛を大っぴらに評価するのを躊躇《ためら》った──そう受け取れなくもないではないか。

(亡くなった深溝《ふこうず》松平の伊忠様もそうだった。俺ァてっきり、嫌われとるとばかり思っとったが、実は俺のことを考えて、わざと辛く当たっていなさったんだものなァ)

家康が茂兵衛の働きを称賛せず、素っ気ない態度をとれば、茂兵衛のことを快く思わない連中の溜飲が下がり、結果、茂兵衛への風当たりは弱まる。家康の深慮遠謀だと確信した。

「それから」

小姓が続けた。

「炙り出しで書かれた書状の件は、御他言なきようにとのお言葉にございまする。寄騎《よりき》、御家来衆を含め、くれぐれも内密にするようにとの由。以上、確とお伝えいたしました」

「委細承知仕った」

（殿様ァ、なんぞ肚積りがおありなのだろうさ。ま、奥方絡みだからなァ。色々あんだろうよ。敵と戦うならいざ知らず、主人夫婦のイザコザに首を突っ込めるほどの知恵はねェや。知らぬ顔をしとこう。ナンマンダブ、ナンマンダブ）

と、念仏を唱えながら、廊下を遠ざかる小姓の背中を眺めていた。

天正三年（一五七五）の十二月に入ると、家康は東遠江《ひがしとおとうみ》の掛川城を発《た》ち、北遠江の二俣城《ふたまたじよう》へと向かった。二俣城攻撃が「大詰めだ」と大久保忠世からの報せが届いたのだ。

掛川を離れるにあたり茂兵衛は、奉公人の吉次に因果を含め、大井川《おおいがわ》を越えて駿河《するが》へと送り込むことにした。東へ向かったとされる綾女の消息を探らせるためである。

駿河は武田領——つまり敵国だ。隠密活動をするのだから、足軽装束というわけにもいかない。茂兵衛は城下の市で、吉次に旅の商人風の装束を買いそろえて着せた。

「あの、旦那様」

「ん？」

「その椿屋さん、綾女様とは、どのようなお方でしょうか？」

「どのようって……若くて美しい女性《にょしょう》じゃ」

「いえ、そういうことではなく、旦那様とはどのような御関係なのか、と」

「清い関係だら！　手も握ったことはねェ」

「も、申しわけございません」

日頃温厚な主人の勘気に、吉次が恐縮して平伏した。

（糞が……俺ァなにを興奮しとるんだら。俺ァ別に、綾女殿を見つけて、どうこうしようってつもりはねェ）

もう一人の自分が「では、なぜ捜す？」と問うてきた。さらに続けて、

「綾女は行きずりの男に肌を許すような女になった。同情すべき点は多いが、事実として彼女は変わったのだ。もう会わぬ方がおまんのため……妻の寿美一人を愛《いっく》しんで暮らせ」

と、重々しく諭した。

天正三年（一五七五）十二月二十四日、二俣城は城兵の安全な退去を条件に開

城した。

武田方の城代として奮戦した依田信蕃は、駿河田中城《たなかじょう》へと、配下の城兵たちを引き連れ去っていった。

元亀《げんき》三年（一五七二）、三方《みかた》ヶ原《はら》の前哨戦で信玄に奪われて以来、三年ぶりで北遠江の要衝二俣城が徳川方へ戻ってきたのだ。家康は、攻城戦を指揮し、また依田の説得にも成功した大久保忠世に城代を命じた。

茂兵衛と善四郎は連れ立ち、懐かしく二俣城内を歩いた。三年前、二人はこの城に籠り、武田勝頼と馬場《ばば》美濃守《みののかみ》の猛攻撃に耐えたのだ。

「ワシは、あの籠城戦が初陣《ういじん》だった」

茂兵衛は、足軽小頭《こがしら》として善四郎の寄騎になったばかりだった。

「確か大手門の矢倉上から、坂を駆け上って来る敵の兜武者を射倒されたのが、初手柄にござった」

「水を盗んだ足軽の首を、御城代の面前で刎《は》ねた……人を斬ったのは、あれが初めてよ」

「左様でしたなア」

本当は、足軽忠吉《ちゆうきち》の首を刎ねたのは茂兵衛だ。善四郎が振り下ろした打ち刀は、忠吉の肩や頭骨に食い込んだ。見かねて、泣き叫ぶ足軽の首を落としたのは茂兵衛である。ただ、ここで義弟の「記憶違い」を指摘するほど茂兵衛は野暮でも、意地悪でもなかった。ちなみに、当時その場にいた二俣城代の中根正照も、副将格の青木貞治も三方ヶ原に散り、もうこの世にはいない。

「実は、吉報がある」

五町（約五百四十五メートル）西、二俣川と天竜川《てんりゅうがわ》の合流点を望む土塁の上で、善四郎が嬉しそうに茂兵衛を見た。

「折角だからな。景色のよい場所で、義兄《あにじゃ》の喜ぶ顔が見たかったのよ」

「なんでございましょう？」

「大久保様から伺ったのだがな……」

茂兵衛は正式に、鉄砲足軽三十と槍足軽三十、小頭六人を率いる足軽大将に補され、大久保忠世の寄騎として二俣城勤番を命じられることが内定したそうだ。鉄砲隊三十を率いるということは、鉄砲頭と呼ばれることになる。善四郎が弓頭と呼ばれるのと同様だ。

「え、それがしが足軽大将に？　それは凄い！」

と、精一杯に喜んでみせたのだが、茂兵衛の本音を言えば、嬉しいより「申しわけない」が先に来ていた。

「お頭のお陰にございます。お頭にお会いしてなかったら、それがし、物頭《ものがしら》になど生涯なれてはおりませなんだ」

社交辞令ではなかった。家康から持ち掛けられた政略結婚を、茂兵衛の出世を条件に、善四郎が受け入れてくれたのは事実である。確かに、牧之原での戦功がものを言った可能性もなくはないが、それを誇り、義弟への礼を軽んじる茂兵衛ではなかった。

「や、それが怪我の功名でな。あの大給《おぎゅう》の源次郎様の妹とも思えぬ別嬪《べっぴん》であったのよ。兄貴はあの通り鬼瓦のような面《つら》をしておるからな。とても血を分けた兄妹には見えん、ハハハ」

一度、善四郎は三河《みかわ》の大給郷に出向き、姫の顔を見ている。その姫とは年明け早々にも祝言を挙げることになっている。偶《たま》さか大給の姫が美形だったのは、不幸中の幸いだった。

いずれにせよ、徳川家の直臣《じきしん》となって十一年、ようやく「お頭」「物頭」と呼ばれる身分になった。俸給は百二十貫（約千二百万円）だ。石高に直せば二百四十石前後か――ただ、横山左馬之助に誓った千石取りはまだまだ遠い。

善四郎の配置もまた二俣城であった。自らの弓組を率いて大久保忠世を寄騎する形である。ここにきて、茂兵衛と善四郎の義兄弟は、ともに先手の一隊を率いる同格の同僚となった次第だ。

また、善四郎配下の木戸辰蔵は、先月の末、茂兵衛の上の妹タキと祝言を挙げた。新居は浜松《はままつ》に構えることになっている。夫婦はしばらく離れて暮らすことになるが、そこは茂兵衛と寿美も同じ境遇なので辛抱することだ。

茂兵衛が足軽大将として二俣城へ入ると聞いて、本多平八郎と榊原康政は牧之原遊撃隊に貸し出した二人の足軽小頭、篠田と佐々木を「出世の祝儀じゃ。そのまま連れていけ」と茂兵衛隊へと配置換えしてくれた。これを聞いた善四郎も「拙者は大丈夫だから」と服部宗助を譲ってくれた。これはとても有難いことで、有能な足軽小頭三人、しかも牧之原での山岳戦で互いの気心は知れている。またとない餞別《せんべつ》だ。

一方、浜松の寿美からは、新調した甲冑《かっちゅう》が送られてきた。

胴は茂兵衛好みの黒漆《くろうるし》をかけた無骨な桶側胴《おけがわどう》である。重たいが頑丈だ。板札《いたざね》を黒糸で毛引きに縅《おど》した当世袖《とうせいそで》と草摺《くさずり》。兜の錣《しころ》も同様である。また、黒漆がけの桃形兜《ももなりかぶと》には初めて金色の前立をつけた。家康に言われた通り、意匠は植田家の定紋である平四ツ目結《ひらよめゆい》だ。平四ツ目結——元々は織物の柄が由来だと聞くが、見てくれが漢字の「田」に似ていることから、五年前に小頭へと昇進した折、茂兵衛自身が選んだ家紋である。田圃《たんぼ》と縁の深い農民の出自であることを恥じず、子々孫々忘れないための戒《いまし》めだ。分家である丑松も同じ紋を使っている。

妻の心づくしが嬉しく、富士之介に手伝わせて早速着用してみた。

「どうだら？」

この時代、姿見などあろうはずがない。己が全身の姿は、誰かに見てもらうしかないのだ。

「黒づくめに兜の前立だけが金色か……玄人《くろうと》受けする戦装束だら」

「凜々しゅうございまする。いかにも物頭という貫禄がございますら」

辰蔵と富士之介が手放しで褒めてくれた。

「ほうか、玄人受けするか？　物頭の貫禄か？　ほうか……面映《おもは》ゆいのう」

足軽大将、大いに照れた。

ただ、彼のような首一つ抜き出た体軀の大男が、こんな自信満々の装束で戦《いく》場《さ》に立つと、敵を威圧できると同時に、巧名心に逸る腕自慢たちを数多《あまた》呼び寄せることになりかねない。命が幾つあっても足りなくなりそうだ。

# 二

二俣城の茂兵衛の宿舎に珍客があった。

野場城《のばじょう》以来の腐れ縁——茂兵衛の天敵であり、同時に朋輩《ほうばい》でもある乙部八兵衛だ。驚いたことに、先日、綾女の消息を探らせるべく、駿河に潜行させた奉公人の吉次を伴っている。

「よお、茂兵衛、半年ぶりじゃのう」

相変わらず本心の読めない、とぼけた笑顔を見せた。

「俺の奉公人をなぜ、おまんが連れとる?」

と、乙部の背後で項垂《うなだ》れる吉次を指して質《ただ》した。

「なぜも糞もないわ。実はな……」

乙部は現在、武田領駿河内で隠密の元締めのような役目を担っているそうな。

「ほう、隠密の元締めか。おまんに向いとるがや」

「ま、天職じゃと思うとる。でな……」

彼の情報網に、綾女の行方を捜す男がひっかかったそうだ。男とは勿論、茂兵衛の命を受けた吉次である。諜報活動の邪魔になると捕縛を命じ、一旦は殺そうとしたのだが、茂兵衛の奉公人と知り、慌てて縄を解き、連れてきたというのだ。

「俺が綾女殿の行方を捜すと、どうしておまんのお役目に障るのか？」

「綾女は、俺の手下だからよ」

「て、手下だと？」

乙部によれば、綾女は姉一族を殺した武田を深く憎み、古着商をしながら女隠密として駿河に潜入し、乙部に敵地の情報を伝える役目を担っているという。乙部には話していないようだが、憎しみの中には、自分を手籠めにした武田勢への恨みも含まれているはずだ。

「ええか、隠密というのは民衆の中に紛れ、目立たぬことが肝要なのよ。三河訛《なま》りの男に『綾女という、遠州《えんしゅう》女を知らんか』『椿屋という古着屋を知らんか』なぞと嗅ぎまわられてみろ。周囲の注目を浴び、密偵どころではなくなるわい」

「それは、すまんかったのう」

「旦那様、申しわけございません」

乙部の背後で、律義者の吉次が地べたに額をこすり付けた。

「おまんが謝る話ではねェ。無理筋な役目を与えた俺が悪い。御苦労だった、ゆるりと休め」

「へい」

再度深々と平伏した後、吉次が下がると、乙部が顔を寄せてきた。

「ここだけの話な……徳川家は、割れるかも知れん」

「わ、割れる？」

「今すぐではないが、信康公の離反は避けられん」

「西三河衆が若殿を担ぎそうなのか？」

「岡崎《おかざき》衆だけではない。家康公に反目する複数の勢力が手を組む恐れがある」

「例えば？」

——例えば、遠州侍である。

元々遠江は、今川の領地だったのだ。それが三河徳川氏の侵略を受けた。遠州侍にとっての徳川は、言わば征服王朝なのだ。

「おまんが牧之原で服部松之助から取り上げた書状な」

（なんでこやつが、そんなことを知っとるんだ？）

炙り出し書状の件は、茂兵衛自身も配下の者たちも、口にせぬよう厳に戒めている。ましてや、服部松之助の名が乙部の口から出たことに茂兵衛は驚きを覚えた。

「ゆうとくが、あれは信康君の書状ではない」

「知ってるさ。築山殿が差出人じゃろ」

「そもそも、大したことは書いてなかったのだ。親戚同士の他愛もない遣り取りだ」

「他愛もない遣り取りを、わざわざ炙り出しで書くのか？　築山殿が氏真に内密の書状を送った。内容は兎《と》も角《かく》、その事実だけで十分なのよ。信康公が西三河衆とのみ馴れ合って、ブツブツと愚痴をこぼしているうちはよかった。でも、築山殿を介して今川に接近するとなると、家康公としても座視できん。氏真は遠州侍にとっては元主君だからなァ」

「もし氏真と信康公が組んだとしても、まだまだ殿様を凌ぐ実力はなかろう」

「武田と組んだらどうだ？　岡崎と甲府《こうふ》が手を結んで、我が殿に敵対する」

「武田は徳川の宿敵だら」

「落ち目の勝頼は、この同盟話に乗ってこようなァ」

「ふん。落ち目の勝頼と、蹴鞠《けまり》しか能のない氏真、まだ若い信康公の同盟では、すぐに信長に潰されるわ」

「では、その信長と組むのはどうだら？」

「信長が我が殿の反目に回るだと？たァけ。あるわけがねェ」

「本当にそう思うか？」

信康は信長の娘婿だ。信長にとって、武田が以前ほど危険な存在でなくなった今、三河遠江の主《あるじ》は、老練な家康より、若い信康の方が「扱い易い」と考えるかも知れない。そもそも三方ヶ原以降、信長と家康の間には、常に隙間風が吹いているではないか。

「で、殿様は、どうなされるお積りだ？」

「一つだけ殿様に僥倖《ぎょうこう》が訪れた。氏真さ。今川氏真は今、家康公についとる」

「なんと」

茂兵衛が奪った密書を、家康から突き付けられた氏真は、即座に降参し、家康に抱き付いた。若い信康と気紛れな築山殿と組んで、武田と織田を両天秤にかけ、家康を追い出す。そんな大博打《おおばくち》に「勝ち目はない」と見切りをつけたようだ。

氏真は家康に、今までの経緯を告白した上で許しを請うた。

（ふん、氏真め……どうにも虫のいい野郎だら）

氏真は武士だが、代々大国の守護職を務める家に生まれ、その気風は貴族のそれに近い。一旦は謀反に加担しても、不利と思えば簡単に寝返り、臆面もなく敵に許しを請う——茂兵衛は百姓の出だが、百姓の方がよほど意地があるし、恥を知っている。

「浜松と岡崎で戦になるのかな？」

「だから、そうならぬために、現在、殿様と酒井様が知恵を絞っておられるのよ。謀反を未然に潰し、武田や織田につけ入る隙を与えず、最小限の犠牲で済ます妙手をな」

「なるほど」

「ゆっくり時をかけるお積りじゃ。拙速は厳に慎まねばならん」

意外に茂兵衛は冷静でいられた。

一つには、今川氏真が家康側に付き、遠州侍が反旗を翻す恐れがなくなったことである。二つには、信康と築山殿は、どうやら武田勝頼を選ぶと読み取れることである。勝頼と信康の連携を信長が許すはずがない。逆に信康がもし、舅《しゅうと》である信長と組んでいたなら、家康の命運は風前の灯火となっていただろう。築山殿の意向もあったのだろうが、信康一生の不覚と言えた。

「ときに」

乙部が言葉を継いだ。

「ん？」

「綾女は、なにも言わんが、おまんとの間になにがあった？」

「なにがって……」

乙部に恥をさらすのは口惜しかったが、彼も好奇心から訊いているのではあるまい。お役目が絡んでいるのだ。黙っているわけにもいかない。

「かつて俺は綾女殿に求婚した。しかし、きっぱり断られた。それだけだ」

茂兵衛は吐き捨てるように言った。

「ふーん」

乙部は表情を消し、しばらく茂兵衛を見つめていたが、やがて――

「では、終わった話なのだな？」

「ああ、正真正銘、終わった話だら！」

「未練は？」

「ない！」

大嘘ではあったが、一応、怖い顔で睨みつけた。さすがの乙部も目を伏せた。茂兵衛が拒絶された女を、自分はすでに抱いているのだ。

乙部は、お役目に障るから、今後二度と綾女を捜すなと幾度も念を押した後、そそくさと帰っていった。

（野郎、いつも人生の美味《うま》いところだけ持っていきやがって……覚えてろよ。いつか虐めてやる！）

と、心中で吐えた。

三

天正三年（一五七五）、徳川方は二俣城と光明城《こうみょうじょう》、只来城《ただらいじょう》を奪取した。北遠江に散在する武田側の山城群に楔《くさび》を打ち込んだ形である。その物心両面における影響は大きく、犬居城《いぬいじょう》、高根城《たかねじょう》などに籠り、頑強に抵抗を続けていた天野党と奥山党《おくやま》は、継戦を諦め、城を捨てて北へと向かった。一族郎党を連れて国《くに》境《ざかい》の青崩峠《あおくずれとうげ》を越え、武田領信濃国《しなののくに》へと逃げ込んだのである。かくて翌天正四年の秋頃までには、北遠江の諸城はすべて、徳川が押さえることになった。

そして、ここは国境の青崩峠から三里（約十二キロ）南、高根城の物見櫓である。

比高八町半（約九百二十七メートル）の大洞山《おおほらやま》山腹から北へ延びた尾根の先端、久頭郷《くずごう》に築かれた古風な山城だ。南から北へと三つの曲輪《くるわ》が一列に並んでおり、本丸である北の曲輪には、簡素ながら主殿らしき建物もある。眼下には、水窪川《みさくぼがわ》の蛇行部と奥山の集落が望まれた。

「ほう、絶景じゃのう」

二俣城代の大久保忠世は、団栗眼《どんぐりまなこ》の上に右手をかざし、信濃国にまで連なる険しくも緑深い山並みを愛《め》でた。

「概《おおむ》ね堅城じゃ。攻めるに難《かた》く、守るに易いと見た」

麓《ふもと》からの比高が一町半（約百六十四メートル）はありそうだ。急峻な一本道に攻め手は大層苦労するだろう。

「左様にございまするな」

茂兵衛が上役に同意した。

二人の目と同じ高さを、長閑《のどか》に鳴きながら鳶《とんび》が舞っている。

「おまんに高根城《ここ》を任せる。信濃からの敵の侵入に備えよ」

「ははッ」

今や高根城は、徳川領最北端の城塞なのだ。責任は重い。茂兵衛が率いるのは、配下の鉄砲足軽三十、槍足軽三十、小頭六だ。さらには今回、大久保忠世から弓足軽十、槍足軽十、小頭二を借り受けた。他にも茂兵衛自身の奉公人を四名連れてきたので、都合九十二人でこの城に拠り、秋葉街道《あきばかいどう》と青崩峠を見張ることになる。

「ついては……相済まんのだが、一つおまんに厄介事を頼みたい」

「厄介事？」

「実は、ワシには今年十七になる弟がおってな」

「お、弟御ですか」

大久保忠世は、天文《てんもん》元年（一五三二）の生まれというから今年で四十五だ。十七歳の弟――この時代、子はおろか孫と言ってもおかしくない年齢差だ。兄弟の父である大久保忠員《おおくぼただかず》が艶福家であったのだろう。ちなみに、忠員は今も大久保党の本拠地、岡崎の上和田城《かみわだじょう》で健在だ。

「名を平助《へいすけ》とゆうてな、先日の犬居城攻めで初陣は済ませた。ただ、ほれ、あの通り空の城に踏み込んだだけで、ほとんど戦の経験はない」

「父がよい歳をしてもうけた所謂《いわゆる》『恥かき子』……甘やかされて育ったものだから少々難しい奴でな。ワシの言うことなどまったく聞かん」

「な、なるほど」

「コヤツをおまんに寄騎させるから、面倒を見てやって欲しいのじゃ」

騎乗の身分の侍を足軽隊に寄騎させるということは、筆頭寄騎（副隊長）に補することを意味した。新米の鉄砲頭である茂兵衛を補佐すべき者が十七歳の素人《しろうと》で、少々難しい奴で——大久保が「相済まん」「厄介事」と前置きした所以《ゆえん》であろう。

本多平八郎は、茂兵衛を見込んで弟分の松平善四郎を預け、足軽大将として一本立ちするところまで育てさせた。同じ旗本先手役として、傍らからそれを見ていた大久保は「弟も茂兵衛に育てさせよう」と企んだのだろう。しかも、茂兵衛隊は島流しのような山奥の番城《ばんじょう》に籠る。体《てい》のいい「厄介払い」だ。

「もし……それがしが、お申し出をお断りすればいかがなりましょうか？」

「それは仕方がない。嫌ならば断ってよい。ただ、ワシは相当に落胆し、とても悲しい想いを致すであろうなァ」

と、団栗眼を見開いて茂兵衛を睨みつけた——否やは、なさそうだ。

「で、では……それがし、喜んで平助殿をお預かり致しまする」

心中で「この古狸、ほとんど恫喝ではないか！」と吼《ほ》えつつ、頭を下げた。


「平助にございます。よろしくお願い致しまする」

一応、頭は下げたが、態度は横柄で尊大だ。

とても十七には見えない。目つきが鋭く、口がへの字に曲がっている。色浅黒く、剽悍《ひょうかん》な印象だ。戦場は知らなくとも、かなり喧嘩慣れをした悪童と見た。

「おまん、槍、鉄砲、弓はどうだ？　少しは使うのか？」

「拙者は槍です。弓は普通です。鉄砲は好かん」

「好き嫌いは訊いておらん。鉄砲、使えるのか？」

「多少はね。でも、好かん」

万事こんな調子である。実に生意気で反抗的なガキだ。

当時、鉄砲隊と弓隊、槍隊は大まかな用兵法が決まっていた。まず鉄砲隊が絶対的な基幹部隊である。しかし、鉄砲は次弾を装塡するまでに時がかかる。その隙を埋めるのが、連射の利く弓隊の役目だ。槍隊は、鉄砲隊と弓隊の護衛を主任務とした。特に、陣地への敵の侵入を許してしまった場合、火縄銃という高価な武器を持つ鉄砲隊、養成に手間のかかる弓足軽たちが退却するまで、槍足軽たちは踏み止まり、時を稼がねばならない。

「おまんは筆頭寄騎なのだから、戦況に応じて、鉄砲、弓、槍のどれでも自在に指揮できるようになって貰わねば困る。そこは分かるな？」

「槍が性に合っているのです。槍では駄目ですか？」

「お、おまんは……」

癇癪《かんしゃく》が起こりかけたが、相手は大久保党の御曹司だ。それにここは二の丸の櫓の上である。人の目もある。短気はいけない。

「もし開戦早々、ワシが敵弾に当たって討死したとする。おまんが槍専門だと、鉄砲隊と弓隊の指揮は誰が執る？」

「ふん、そのときはそのときで、なんとかやりますよ」

反射的に手がでてしまった。平助の両肩を強く突いた。若者は倒れ、尻もちをついた。すかさず起き上がろうとする胸を踏みつけ、床に押さえつける。

（ああ、やっちまった……さて、これからどうするか？）

この生意気なガキは、善四郎とは違う。善四郎は感受性が豊かで傷つきやすかった。頭から怒鳴りつけるなどは論外だ。一方、この平助は、そんな繊細な気配りよりも「なめられない」ことの方が重要に思えた。要は、上役としての権威などではなく、気合と腕力で圧倒し、制圧し、従えるべきなのだ。

(殴りつけて鼻っ柱をへし折るのもええが、恨みが残るからのう。ま、あまり頭はよくなさそうだ。脅して怖がらせて、取りあえず素直にさせよう。なに、その上で戦場に幾度か出せば、すぐ大人になるわい)

「あ、足をどけろ!」

平助が怒鳴った。

「どけろではなく、『お頭、どけて下され』ではないのか?」

「黙れ、この百姓上がりが!」

(ほう、そういうことかえ)

同じように思っている侍は多かろうが、身の丈が六尺(約百八十センチ)で槍名人の物頭に、面と向かって本音をぶつける者は少ない。

「その百姓上がりから、虫けら同然に踏みつけられとるのは、どちらの若様だら? ええから、おまんの力で逃れてみろや」

小頭や足軽たちが、この上士二人の諍《いさか》いを興味津々で見守っているはずだ。指揮官としての平助の体面を考えないでもなかったが、なに、構うまい。どうせ十七歳の上役だ。最初は下の者からなめられて当たり前、あとは自分の振る舞いで配下からの信頼と尊敬を勝ち取るしかないのだ。それが出来なければ、足軽を束ねる物頭の補佐役など到底務まらない。

「糞がァ！」

平助は必死にもがいたし、茂兵衛の脚を拳で叩いたりもしたのだが、床板に押し付けられた体は微動だにしなかった。

「こら平助、ゆうとくがな。おまんの兄御は、おまんの事を持て余しとるのよ。俺が必要と思うなら、殴ろうが、蹴ろうが、殺そうが、一切文句はゆわんと確約してくれたがや」

大嘘である。大久保忠世はそんなことは一言も言っていない。

「おまん、俺が百姓の出なのを知っとるようじゃが、どうして村におれんようになったか教えてやろうか。喧嘩でツレを殴り殺したのよ。今のおまんのように、地面に押さえつけて拳で何度も何度も殴りつけた。野郎の面ァ、目も鼻も潰れて赤黒い塊になって動かなくなった。おまんもそうしてやろうか？」

平助が、青褪めた顔で頭を振った。

村の若者を殺したのは事実だが、そんな凄惨な殺し方は、綾女を凌辱した武田の足軽以外にはやったことがない。さて、最後に駄目押しだ。

「そして因果なことに、俺にはそうゆう殺し方が、性に合ってるのよ。好きで好きでたまらねェのさ」

わざと薄笑いを浮かべ、声を潜めて言うと、平助の顔から表情が消えた。

世は乱世である。人を苦しめて殺すことに快感を覚える悪魔的な人種は実在する。ひょっとして、自分の上役がその一人である可能性が高まったのだ。若者が唾《つば》を飲み込む音が茂兵衛にまでハッキリと聞こえた。

（ま、こんなところだろうな）

「ええか、日頃十できることが、戦場では五しかできんようになる。日頃から二十できるように鍛錬して初めて、おまんは戦場で役に立つ。ここは平穏な上和田城じゃねェ。ほんの三里先は武田領だら。甘えとったら、長生きできんぞ。おい、分かったのか？」

「は、はい」

生きてこの山城を下りたかったら、一人前の寄騎になれ、と怒鳴りつけてから平助を解放した。

横柄で傲慢な態度を改めることこそなかったが、それ以降の平助は、茂兵衛の命令にだけは、渋々ながらも従うようになった。

信濃と遠江の国境は、おおむね平穏無事だった。

ときおり奥山定茂《さだしげ》が、十数人規模で徳川領に侵入してきたが、茂兵衛が槍隊を率いて押し出していくと、戦わずして兵を退き、青崩峠を越えて信濃へと帰っていった。定茂自身もせいぜい示威《じい》が目的で、真剣に攻める気はないようだ。

それでも慎重な茂兵衛は、奥山党対策として、青崩峠を見渡せる山の頂《いただき》に物見小屋を置き、侵入者がいれば、いち早く高根城へ通報できる体制を整えた。

天野党も奥山党も、所詮は山深い里の小豪族である。鉄砲三十挺の火力に対抗できるほどの軍勢は集められない。相手の動きさえ摑んでいれば、茂兵衛が慌てることはなかった。近隣に、彼の鉄砲隊を凌駕する部隊は存在しない。

ただ茂兵衛は、鉄砲隊を高根城から出すことには慎重だった。小部隊には、槍や弓で対処していればよい。三十挺からの鉄砲は、まさに虎の子――城番たる茂兵衛の存在意義である高根城防衛の要であり、敵の目にさらすことには抵抗があったのだ。

さらに茂兵衛は、光明城と牧之原での成功例に倣い、近隣の山に詳しい猟師を手なずけて道案内役とした。光明城の茅場伝三郎や牧之原の万次郎に比べて若い男で、一応は鹿丸《しかまる》と名乗っているが、たぶん本名ではあるまい。無口だが、偏屈というほどのこともなく、山の情報や天候の読みはどれも正確だった。

鹿丸の得物は鉄砲であった。

鉄砲足軽が使う標準的な六匁筒《ろくもんめづつ》で、一町（約百九メートル）先の的を撃ち抜ける鉄砲名人だ。死んだ大久保四郎九郎は、長距離射程の狭間筒《はざまづつ》で二町（約二百十八メートル）先の敵兵に当てたが、もし鹿丸に狭間筒を与えたらどれほどの距離から狙えるのか、機会があれば一度試したいと思っている。

「おまん、鉄砲はどこで覚えた？」

「どこって、この辺の山で鍛錬致しました」

「その六匁筒はどこで手に入れた？」

「これは……戦場で拾ってございます」

「どこの？」

「よ、よくは覚えておりません」

どうも歯切れが悪い。

(ひょっとして鹿丸は、脱走足軽やも知れんなァ)

茂兵衛は、そう睨んでいる。

鉄砲足軽としてどこぞの武家に奉公していたが、なんぞ不始末をやらかし居辛くなった。六匁筒を摑んで逐電し、故郷の山に隠れ棲み、猟を生業《なりわい》として暮らしている——有り勝ちな話ではないか。

(ま、あまり詮索はすまい。また、逃げ出されても困る)

要は、現在の鹿丸が役に立つか、信用できそうか、そのことのみが重要で、彼の過去や未来に茂兵衛は関心がなかった。

ちなみに、六匁筒とは六匁(約二十二・五グラム)の鉛の弾丸を発射できる火縄銃を指す。鉄砲足軽が使う標準的な鉄砲だ。弾丸の径は半寸(約一・五センチ)ほど。半町(約五十五メートル)以内なら狙って撃って当てることが可能だ。その距離でなら、兜武者の頑丈な甲冑でも易々と貫通する。

## 四

山奥の城塞に詰める将兵の役目は、疎外感との戦いでもあった。

月に一度、二俣城から米や味噌を運んでくる荷駄隊が唯一の情報源で、城兵たちは荷を運んできた足軽や人足を捉まえ、なけなしの酒や干柿を振る舞った。下界で起きている様々な事柄を聞き出しては、大仰に頷き、笑い転げた。そして、また荷駄隊がやってくるまでの一ヶ月《ひとつき》、同じ仲間と、同じ話を飽かず繰り返して過ごすのだ。

多くは牧之原の森に籠った兵たちだが、あのときは毎日のように見張りや襲撃で山野を駆け巡っていた。今回のように、山城の中で只々安穏として守備についている役目とは違う。

(これでは、身も心も鈍《なま》る一方だわな。敵が本気で侵入してきたとき、城兵が腑抜けでは戦にならんぞ)

茂兵衛は一策を講じて、居室に鹿丸を呼び出した。

「御用にございまするか？」

「うん。猟師のおまんを見込んで頼みたいことがある」

「へ、へい」

城の守りを手薄にするわけにはいかない。毎日五、六人ずつ交代で、配下の足軽を鹿丸の猟に同道させようと考えている。高根城には鉄砲足軽が三十人、弓足軽が十人いる。疾走する獣を仕留めることは弓鉄砲の鍛錬になろうし、山道を上り下りすれば足腰が鍛えられる。なによりも気晴らしになるではないか。大きなシカやイノシシが獲れれば、夕餉《ゆうげ》の鍋に入れて、皆で楽しむこともできよう。さらには、指揮官として小頭一人を付けるのもいい。小頭たちが、付近の山道に習熟すれば、いざ山岳戦となったとき、大きな力となるはずだ。

（我ながら妙案だら。一石二鳥はおろか、一石五鳥ではねェか）

茂兵衛は内心でほくそ笑んだ。

「これから冬に向かいますので、獣は脂がのって美味くなりますよ」

鹿丸も乗り気のようだ。

「ほうかい。そら、楽しみだな」

上手くいくときは、何事もトントン拍子で運ぶものである。

茂兵衛の目論見通り、城兵たちはほぼ十日に一度の頻度で訪れる、鹿丸との狩猟日を心待ちにするようになった。本丸の物見櫓などに上ると、遠くの峰から長閑に「ダーン」と銃声が聞こえてきたりする。傍らの若い足軽がニコリと笑い

——

「当たったかな？　イノシシだとええですね。俺ァ、この城にきて初めてシシ肉

を食ったが、美味《うめ》ェもんでございますねェ」なぞと、気さくに話しかけてくることもあった。

「ほうだな。シシ肉は美味ェなァ」

足軽の顔に気鬱の色は一切見えない。若者に微笑《ほほえ》み返しつつ、茂兵衛は「これなら敵が来ても大丈夫だら」と胸を撫でおろしていた。

ある日、十六貫（約六十キロ）の大イノシシが獲れた。イノシシは、猟師が巧く捌《さば》けば、目方の半分は食肉となる。八貫（約三十キロ）の肉なら、城兵一人当たり百匁（約三百七十五グラム）ずつ食える見当だ。大盤振る舞いである。

奥山の集落で買い求めてきた大根や牛蒡《ごぼう》とともに、味噌でくたくたに煮て食うことにした。最近は奥山党も大人しくしている。「飲み過ぎるなよ」と釘を刺した上で酒も許し、主殿の広間で宴が始まった。

ここで茂兵衛は、雑兵上がりの苦労人らしい配慮を見せた。足軽は足軽同士、小頭は小頭同士で鍋を囲ませたのだ。折角の宴である。上役と一緒では堅苦しくなっていけない。ただ、そうなると茂兵衛自身は、平助と二人きりで鍋を突《つっ》くことになった。

（ま、ええわ……いけ好かないガキだが、今後のこともある。少し飲ませて、打ち解けるのも悪くねェら）

平助の方も、居心地悪そうに肉を頬張っている。陽気にはしゃぐ足軽たちの席から少し離れた上座で、二人の士分は黙って箸を動かし続けた。

「あの……」

先に、沈黙に耐えきれなくなったのは平助の方であった。箸を止め、茂兵衛の顔を下から覗き込んだ。

「なんだ？」

「兄の忠世がお頭に、拙者のことを殴っても、殺してもよいと言ったそうですが、あれは……」

「あれは、嘘よ」

箸を止めずに、平助の目を睨んで答えた。

「え？」

悪ガキが思わず天井を仰いだ。

「御城代は『弟を頼む』とは申されたが、殴る蹴る云々は、俺の口から出た出鱈目だら」

「や、やっぱり」

「ま、飲め」

と、平助の土器《かわらけ》に濁り酒を注いだ。

「あの……」

「何だよ？」

あまり酒が強い質《たち》ではないらしい。土器数杯で耳まで朱に染めている。

「実は拙者、あまり人から好かれません」

「ほう」

「男からも、女からも、歳上からも、歳下からも好かれません」

「それで？」

「や、お頭は俺の上役だし、知っておいてもらいたいと思って……」

「ふーん」

と、少し考えた。

「そもそもおまん自身は、好かれたいと思うのか？」

「別に……」

不満げに押し黙ってしまった。

「ならえじゃねェか。俺が知る限り、好かれたがってる奴にロクなのはおらん。それに……」

「それに？」

「俺はおまんのことが嫌いじゃないよ。ひねくれたガキだが、面白い」

「ど、どうも……」

と、赤面し、わずかに微笑んだ。

「お頭……ま、一献」

月代《さかやき》までを真っ赤に染めた小頭の佐々木が、茂兵衛の前にドシンと座った。すでに座は大分乱れている。無礼講だ。平助はいつの間にか席を移動し、同じ年頃の足軽たちに交じり楽しそうに騒いでいる。

「や、俺ァ今夜は飲まん」

「お具合でも悪いのですか？」

「や、そうじゃねェ。夜中になにかあったとき、俺ぐらい素面《しらふ》でおらんと示しがつかんだろう」

これも嘘である。

美味い肉と楽しい宴、酒好きなら誰もが飲みたくなる機会だが、先ほどから窺う限り、富士之介は食うばかりで、一滴も飲んでいない。見上げた胆力だ。普段は富士之介の前で飲むこともある茂兵衛だが、せめてこういう晩ぐらいは、彼の我慢に付き合おうと決めた次第である。

「最近、服部に元気がござらん」

「え？　あ、そうだな」

富士之介のことに思考がいき、佐々木の言葉を上の空で聞いていた。

「拙者の見るところ、牧之原で密書を奪った頃から、どうも押し黙るようになり申した」

「ほうかい」

と、茂兵衛はしらばくれた。

実弟が目の前で喉を突いて果てたのだ。誰でも無口になるだろう。しかも、謀略や謀反の臭いまでが漂っているのだ。

「今宵は鱈腹《たらふく》飲ませて、思いの丈を吐かせようかと思っております」

「ま、無理には飲ますな。じき、元に戻るさ」

と、佐々木を宥《なだ》めながら、横目で服部を窺った。同僚小頭に勧められ、断り切れずに土器を干している。

夜半過ぎ、茂兵衛は小便に立った。

開け放たれた厠《かわや》の窓から、遅く上った月を愛でつつ、長々と用を足した。

見れば、庭に面した廊下に、誰かが座り込んでいる。

(お、服部だがや)

背を主殿の柱にもたせかけ、悄然《しょうぜん》と項垂れている。酔いを醒ましている様子だが、それだけには見えなかった。

「おい、飲み過ぎたのか?」

歩み寄って呼びかけると、服部はこちらを向き、一瞬困ったような顔をしたが、やがてニヤリと笑い、会釈をした。

茂兵衛が服部の隣に腰を下ろすと、彼は居心地悪そうに、少し尻をずらした。

「シシ肉は美味いなァ」

「はい。本職の鹿丸に捌かせると一味違うように思いまする。拙者ら素人がやるとどうも獣臭くなっていけない」

鹿丸は、獲ったらすぐに臓腑を抜くこと、その際、苦玉《たんのう》と膀胱を丁寧に取り除き決して破かないこと、獲物を川の水に浸けて肉を冷やすこと――その三つが肉を美味くするコツだ、と茂兵衛に教えてくれた。ただ、言うは易くで、足軽たちにその通りにやらせてみても、やはり素人が捌く獣肉は酷く臭った。

「やはり、餅は餅屋とゆうからな」

「左様にございますなァ」

と、服部が二度頷いた。

服部宗助は、伊賀国《いがのくに》の出身である。伊賀には、千賀地《ちがち》党、百地《ももち》党、藤林《ふじばやし》党と有力な三家があり、すべて伊賀国阿拝郡《あえぐん》服部郷が本貫地《ほんがんち》だ。そのうち、豪勇で名を馳せる服部半蔵《はんぞう》は千賀地党の宗家、服部宗助は百地党の庶家の出で、共に親の代から三河に出て、松平家や酒井家に奉公したそうな。

「なぜ本貫地を捨てた？」

茂兵衛が訊いた。

「伊賀は山がちの土地で米が獲れません。腹を空《す》かせて人里に下りてきた。ま、クマのようなものでございます」

「ハハハ、クマかい。いつかクマ肉も食ってみてェなァ」

「鹿丸に申しつけておきましょう。なんでも秋口に団栗を食ったクマの肉は、大層味がよくなるそうです」

「ふーん」

その後二人はしばらく、天中に上った更待月《ふけまちづき》を無言で眺めていた。主殿の広間からは、足軽たちの笑い声が聞こえてくる。

「あの、弟の件ですが……」

服部が改まって座り直し、茂兵衛に正対した。

「うん」

「あれから弟の家は、さしたるお咎めもなく、無事十歳になる長男が継ぎましてございます」

「ほうかい。そら、よかったがね」

「もしやお頭が、報告書《かきあげ》に弟の名を出さずにいて下さったのではないか、と」

「たァけ」

実はその通りなのだが、認めると恩着せがましく聞こえそうだ。

「や、でもそうとしか思えませぬ」

「そんな細かいこと、よう覚えとらんわ」

さも興味なさげに呟くと、しばらく服部は黙った。

「ま、いずれにしましても、御恩は生涯忘れません」

小頭が深々と頭を下げた。

それからまたしばらく、二人は黙って月を眺めていた。

「松之助のあほんだら……謀反の片棒など担ぎおって……」

服部が呟いた。愚痴のようだ。茂兵衛に伝えたかったのか、単なる独り言か。

「まだ謀反と決まったわけではあるまい」

「でも、殿様に隠れて怪しげな密書を運び、兄貴の顔を見て逃げ出し、己が喉を突いて果てたのですから……謀反かどうかは兎も角、よからぬことに加担していたことは確かでございましょう」

「そこは宮仕えの辛さだら。上の者から言われりゃ、下っ端に否はねェさ」

「それもそうですが……」

服部はうつむき、少し考えてから、また語り始めた。

「てて親を早くに亡くしたもので、十歳上の拙者が奴の親代わりですわ。武士は戦場で人を殺す。神仏がそれを大目に見てくれるのは、義を忘れぬからだと教え申した」

「ぎ？　忠義の義か？」

「はい。ま、忠義でも、恩義でも、正義でもええ。なにしろ義の心を忘れた武士は、ただの人殺しに堕ちると幾度も教えたのですが……あの様《ざま》で」

色々とある徳目のうち、農民出身の茂兵衛にとって「義」は少し敷居が高い。死んだ父親からも「公に殉じ、正しく生きよ」と教えられた記憶はなく「弱い者には情けをかけてやれ」と諭される程度であった。そのことを寿美に話したことがあるが、学のある妻は——

「その徳目は宥恕《ゆうじょ》と申します。五常で言うところの『仁』に近うございます」

と、教えてくれた。

「なあ、服部よ」

「はい？」

「義の心の薄い武士は、人殺しなのか？」

「拙者はそう思いまする」

「では、俺ァ地獄行きだら」

「それは別儀にございましょう。阿弥陀様は何でも許して下さるから、ハハハ」

服部が、久しぶりに明るい声で笑った。

# 五

「お頭……」

夢の中で声を聞いた。

「お頭！」

「う、うん？」

従者である三十郎の声に起こされた。目をこすりながら、細く開けた板戸を窺う。外はまだ暗い。

「青崩峠の物見小屋からにございまする」

武田勢と思しき将兵が百人余り、夜陰に乗じて国境を越え、徳川領に侵入したらしい。百人——今回は敵も本気のようだ。

「すぐに参る」

と、夜具から飛び出て、身震いした。旧暦の十二月中旬、一番寒い時季だ。

三十郎は茂兵衛の個人的な使用人なのだから、本来は「旦那様」ないしは「殿様」と呼ぶべきところだ。しかし、高根城に入って以降は、他の配下たちと同じく「お頭」と呼ばせている。茂兵衛はこの小さな砦の言わば独裁者だ。四人いる奉公人が、虎の威を借りて付け上がっても、逆に周囲から孤立して卑屈になられても困るからだ。皆と同じ身分の足軽雑兵だが、偶さか城番様の従者をしている——そのくらいの認識で丁度いい。

ちなみに、茂兵衛が物頭に出世したのを機に、三十郎と富士之介には苗字を授けた。稲場《いなば》三十郎と清水《しみず》富士之介である。家宰として男女の奉公人六名を率い、浜松の屋敷を守っている吉次には、鎌田《かまた》吉次と名乗らせることにした。三人とも一応は武士の体だ。どの苗字も生まれた植田村内の字《あざ》に由来している。

その他に、新規に雇い入れた小者を二人、高根城へ同道している。三十郎たちを含めて、いずれも母の再婚相手である植田村の五郎右衛門《ごろうえもん》が厳選した、明朗で物堅い若者たちだ。

八人いる小頭のうち、今夜の当番として青崩峠の物見小屋に詰めている佐々木以外の七名全員を集めた。筆頭寄騎として副隊長格である大久保平助も、眠そうな目を擦りつつ、軍議に駆けつけてきた。

「今回の敵は、百余の兵を率いておる」

小頭たちの間から「ほお」と小さく驚きの声が上がった。

「まさか高根城《ことと》を獲りにきたわけではあるまいが、どうやら本気のようじゃ。こちらとしては、奥山村を焼かれるのが一番辛い」

家を焼かれると、住民は焼いた相手よりも、それを阻止できなかった領主を恨むものだ。奥山村の民は、高根城の城番を、引いては家康を恨み、かくて人心は徳川家から離反していく。

「よって、集落の北方に弓と鉄砲で放列を敷く」

満を持して、いよいよ鉄砲隊を投入する。武田勢は、まさかこんな国境の番城に三十挺からの火縄銃が配備されているとは思うまい。徹底的に叩き、戦意を喪失させる好機である。

「秋葉街道を挟むように、両側の斜面に展開せよ。槍隊は集落の入口で槍衾《やりぶすま》を敷き、敵を村に入れるな」

とはいうものの、青崩峠から奥山村までは延々と続く下り坂である。槍隊は坂の下に陣を敷く格好になり、かなり不利だ。途中で左右から撃ちかける鉄砲隊と弓隊でよほど敵の数を減らしておかねばなるまい。やはり飛び道具が鍵を握ることになりそうだ。

「弓鉄砲隊の指揮はワシが、槍隊の指揮は大久保平助が執る」

今宵は満月で十分に明るいはずだが、谷間での戦いとなり、周囲は高い山ばかりだから、時間帯によっては闇の中での戦いとなるやもしれない。肩先に白布を結んで合印《あいいん》とし、符丁《あいことば》は「空」と呼びかけ「雲」と応じることに決めた。

寅の下刻（午前四時頃）に高根城の城門を隊列を組んで出た。鉄砲五挺に槍足軽五人、小頭一人を城の守備に残し、残る全軍を率いて山を下った。

谷の底に下りると、満月は、西方に聳《そび》える亀ノ甲山《かめこうやま》の陰に隠れてしまった。新暦なら一月に入った頃である。見上げる空はまだまだ暗い。

北から南へと流れる水窪川を遡って寝静まった奥山村を抜け、半里（約二キロ）上流の隘路《あいろ》で敵を待ち伏せることにした。猟師の鹿丸を先頭に、茂兵衛隊の面々は冷気の中を黙々と進んだ。

「おい富士、大久保を呼んでこい」

歩きながら、従僕に命じた。

「はッ」

清水富士之介が大きな体を屈め、機敏に後方へと駆け去った。

ほどなく、槍隊を率いて後方にいた平助が走ってきた。茂兵衛と平助は騎乗の身分だが、今回は徒歩で出撃している。夜間の山岳戦で、悠長に馬になど乗っていると、槍足軽の格好の餌食となってしまう。

「お呼びで？」

「ええか平助、鉄砲の斉射を四回数えてから、鬨《とき》を作って突っ込め。坂の下から駆け上ることになるが、そこは気合だ」

「はッ」

「おまんらが走り出して、敵とぶつかる前に、ギリギリもう一回斉射できると思う。闇の中で都合五回の斉射に撃ちすくめられ、右往左往しておる敵だ。圧倒しろ。できれば数名は生け捕りにしたい。武田内部の話を聞き出したいからな。なに、指を一本ずつ切り落とすと脅せば、なんでも話すだろうさ」

「は、はい」

「や、勿論、脅しだけだぞ。指など切り落とさんぞ」

闇の中で、しかも兜と面頬《めんぼお》を着けており表情が読めない。「お頭は、人を苦しませて弄《なぶ》り殺《ごろ》すことに喜びを感じる、地獄の邏卒《らそつ》のような恐ろしいお方」との誤った認識がちゃんと改まっているのかが心配で、一応は念を押しておいた。

茂兵衛は二十人の鉄砲隊を率い、秋葉街道を見下ろす暗い木立の中に身を潜めていた。日の出はまだだし、月も山陰に隠れた。わずかな星明かりが、信濃と遠江を結ぶ往還を、闇の中に白くぼんやりと浮かび上がらせていた。街道を挟んだ反対側の斜面には、都合十五人の鉄砲足軽と弓足軽が待機している。

（まず俺の方の二十発が斉射する。弾込めの間に、対岸の十挺が斉射、さらに弓隊が矢を射込む。武田勢はこちらに、これほどの数の飛び道具があるとは知らんから、相当動転するはずだ。そこに、装塡を終えたこちらの鉄砲二十挺が止めの斉射を射かける）

街道までの距離は十間（約十八メートル）の撃ち下ろしだ。敵の体に銃口を押し付けて撃つようなものだから狙いは外さない。百人程度の敵なら、三度の斉射でほぼ戦意を喪失させられよう。

（この戦、勝ったら）

背後の山で「ボウッ、ボウ」とフクロウが二度鳴いた。

（集落の名が示すように、ここは元々、奥山党が支配した土地だ。土地勘があるから、妙な動きでもされたら上手くねェなァ）

「おい、三十郎」

と、従者を小声で呼んだ。

「おまん、小者一人連れて、五町（約五百四十五メートル）ほど北に陣取れ。敵が来たら小者を戻せ。おまんは、そのまま敵の尻についてこい。気づかれるな。もし異変があれば報せろ」

「ど、どうやって？」

「先回りできるようなら静かに走って来い。もしそれが無理なら、隠れてこれを二回吹け」

と、いつも睾丸隠《きんたまかくし》（正面の草摺）裏の物入れに、小銭とともにしまってある呼子を手渡した。

「はッ」

稲場三十郎は身が軽いし、機転が利く。こういう役目には向いている。ただし、胃腸が弱く、すぐに腹を下すのが難点だ。

卯の下刻（午前六時頃）、東の空は薄明るくなってきたが、谷間《たにあい》の森はまだ闇に閉ざされていた。

「ボウッ、ボウ」

フクロウがまた鳴いた。

三十郎の命を受けた小者が、駆け戻ってきた。

「武田勢が参ります。暗いので確《しか》とは申せませんが、旗指はおそらく丸に木瓜《もっこう》。騎乗十騎。弓はなく、鉄砲は数人が背負っておりまする」

丸に木瓜は奥山党の定紋である。

数挺の鉄砲のみが今風で、他は騎馬武者が十騎——家子郎党《いえのころうとう》が馬に乗り、残り九十名は信濃の農民を駆り出した編成であろう。鎌倉室町期を彷彿《ほうふつ》とさせる、古色蒼然たる陣立てだ。対する徳川勢は、物頭の茂兵衛から新米の鉄砲足軽まで、誰もが徳川家直臣の職業軍人だ。

「野村《のむら》、尾上《おがみ》、ちょっとこい」

と、小声で鉄砲小頭二人を呼んだ。

「敵は騎馬武者が十人おるそうな。初弾はすべて騎馬武者に集中させよ。射手は二十人おるな。きちんと割り振って、一騎に二発ずつ撃ち込め。この距離だ。確実に倒せ」

「はッ」

闇の中で二人の小頭が同時に頷いた。

将たる騎馬武者が、バタバタと倒れれば、農民兵たちは動揺し、統制は利かなくなるはずだ。

「申すまでもなかろうが、暗い中での撃ち下ろしである。そのこと、射手たちに徹底せよ」

「ははッ」

暗いと、的までの距離は実際より遠く感じる。印象のままに撃てば弾は的の上を飛び越すものだ。また、撃ち下ろすと弾道は延び、これまた的を飛び越すことが多い。夜間の撃ち下ろしの場合、二重の意味で、印象よりやや下方を狙わねば弾は当たらない——夜間射撃の難しさである。

しばらく待つと、北の方より人馬が近づく気配が伝わってきた。

「鉄砲隊、そっと火蓋を切れ」

小声で命じた。

カチカチカチと、遠慮がちに火蓋を前へ押し出す音が、闇の中に響いた。

奥山勢は静々と進んできた。城も村も元は己が持ち物である。己が領民の家を焼くのは、さぞ無念であろう。

十騎の騎馬武者が茂兵衛の前に差し掛かった。そのとき、先頭の大将らしき騎馬武者が右腕を上げ、行軍を止めた。しきりに周囲を見回している。火縄の臭いにでも気づいたか、あるいは曰く言い難い直感が危険を教えたか——しかし、徳川方の鉄砲足軽たちにとっては、止まった的の方が狙いやすい。

いざ、開戦だ。

「鉄砲隊、放て！」

ダンダン、ダンダンダンダン。

八人の騎馬武者が次々に落馬した。残る二騎も対岸からの斉射で馬上から姿を消した。さらに矢まで射込まれ、奥山勢は大混乱に陥った。茂兵衛にも覚えがあるが、敵の銃声はとかく大きく、数も多く聞こえるものだ。指揮官たる侍たちを一瞬にして失った農民兵たちには、おそらく数百挺の鉄砲に狙われていると感じているはずだ。

四発目の斉射を待たずに、坂の下で鬨の声が起こり、大久保平助指揮の槍隊が駆け上ってきた。

（あのたァけが！　斉射四発は待てとゆうたに！）

心中で平助に毒づいた。騎馬武者は倒したが、敵足軽たちはほとんど無傷だ。少数だが鉄砲足軽も交じっており、総勢で九十人近くいる。対する平助隊はわずか三十五人だ。

「鉄砲隊、放て！」

ダンダンダン、ダンダンダン。

平助隊が突っ込む前に慌てて撃ち込んだ。バタバタと倒れる。それでもまだ数が多い。茂兵衛は、意を決して藪の中で立ち上がった。

「侍衆は全滅したぞ！　さて足軽衆、命あっての物種じゃ。逃げるが勝ちぞ。いざ、今来た道を逃げたり、逃げたり」

と、生き残った敵兵に向けて大声を張り上げると、果たして足軽の三分の二は、後方へ向かって逃げ始めたではないか。ただ同時に、隊列の中からは「槍衾」「逃げるな」などの声も聞こえてくる。歴戦の小頭あたりが踏み止まり、応戦しようとしているようだ。

そこへ平助が、三人の小頭と三十五人の槍足軽を率いて突っ込み、乱戦となった。

茂兵衛が率いる鉄砲隊には、護衛の槍足軽隊がついていない。槍隊は全員、平助に委ねている。もし敵が押し寄せてきて、白兵戦となると大いに不利だ。

「放列を下げる。鉄砲隊、十歩後退して陣地とせよ」

白兵戦の現場から少しでも距離を置いておきたかった。

「鉄砲隊、次弾を装填せよ。敵がこの陣地に上ってくるようなら、各人の判断で撃ってよし。ええか、肩先に白い布をつけとるのは味方だ。決して撃つなよ」

と、早口で命じた。

案の定、乱戦から抜け出た敵の槍足軽たちが、鉄砲隊の陣地へと坂を駆け上って来たが、すべてバラバラで統制がとれておらず、二十挺からの鉄砲が彼らを無慈悲に打ち倒した。

四半刻（約三十分）ほどで決着はついた。奥山勢のあらかたは逃亡し、踏み止まった二十数名は平助隊に殲滅《せんめつ》された。もう辺りは大分明るくなっている。

平助には、数名の捕虜を捕らえるよう伝えたのだが、彼は手向かったすべてを討ち取り、誰も生きてはいなかった。

「平助、味方の損害は？」

「たぶんおりません」

「なぜ斉射二発で突っ込んだ？　なぜ虜《とりこ》をとらなんだ？」

「も、申しわけございません」

「まったく、おまんというたァけは……ん？」

平助の肩越し、後方の藪の中でザワと影が動いた。敵だ。平助を押しのけて前へ出た。

「まだ生き残りがおるぞ。藪の中だ。追え。殺すな。虜とせよ」

と、命じた茂兵衛の方が逆に凍り付いた。生き残りの敵兵は鉄砲を持っている。藪の中で仁王立ちし、こちらに銃口を向けた。おそらくこの男は、死を覚悟している。一際立派な甲冑を身に着けた大男、金色に輝く前立を戴いた侍を、地獄への道連れにする気だ。

（ああ、撃たれる……す、寿美……）

距離は六間（約十一メートル）あるかないかだ。見知らぬ敵が引鉄《ひきがね》を引けば、茂兵衛の人生は終わる。その死の瞬間、瞼に浮かんだ顔が、綾女ではなく、寿美であったのは意外だった。

「お頭ッ！」

ダーン！

男が茂兵衛に抱き付いた。鉄砲と茂兵衛の間に割って入ったのだ。刹那、男が白目を剝《む》いた。

（は、服部ではねェか？　な、なにしとる？）

服部の体が、ズルズルと崩れ落ちていくのを、茂兵衛は慌てて抱き止めた。

「糞がーッ」

数名の槍足軽が藪へと突っ込み、鉄砲を撃った敵兵を容赦なく突き殺した。

これは明らかな命令違背である。茂兵衛は「殺さず捕虜にせよ」と命じたのだから。しかし、茂兵衛は自分の盾となって背中に銃弾を受けた小頭の口から吐き出される鮮血を、両手で塞ぐのに必死で、命令違背を糺《ただ》す暇はなかった。弾が当たったのは背中だ。口から出る血を堰《せ》き止めたところで服部の命を繫ぎ留めることはできない。それが分かっていながら茂兵衛は、服部の名を叫びつつ、噴き出す鮮血を両手で塞ごうとしていた。服部がカッと目を見開き、最後の力で茂兵衛の袖を強く摑んだ。

「これが、義に……ござる……」

それが彼の最期の言葉となった。

天正元年（一五七三）以来の三年半、茂兵衛の下で足軽小頭を忠実に務めてくれた。

自然に涙が溢れ出した。

以前、朋輩が死ぬ夢を見た。そのときは辰蔵の身に危険が及ぶのかと思ったが、あの夢は服部の死を暗示していたのだ。それも、茂兵衛の身代わりとなって服部は死んだ。

見ると、傍らで大久保平助が薄ら笑いを浮かべている。

配下の死に感傷的になり、涙を流す百姓上がりの物頭を虚仮《こけ》にしているのだ。

「おまん、なにが可笑しいか！」

思わず平助の当世袖を摑み、乱暴に引き寄せた。

「お、可笑しくなど……ありません！」

そう答えた平助の声は、涙声だった。

負けん気が強く、ひねくれ者の平助の泣き顔など見たことがなかったのだ。笑顔と泣き顔を間違えたことに気づき、一言「すまん」と呟いて手を離した。

服部宗助討死──享年三十八。

# 終章　切腹

一

——それから三年が経った。

天正《てんしょう》七年（一五七九）七月三十日。晩夏の太陽が照りつける長い坂道を、高《たか》根城《ねじょう》の城門を目指し、乙部八兵衛がゆっくりと上ってきた。野袴に深編笠、小者一人すら連れていない。浪人か下士の旅姿の風情だ。

乙部とは色々あったが、三年振りの再会ということで、今年三十三歳になった植田茂兵衛は、懐かしさのあまり童《わらべ》のように相好《そうごう》を崩した。

「よお茂兵衛、久しいのう」

例によって、乙部はおどけて右腕を上げたのだが、その表情がなぜか硬い。

「大事な話がある。どこぞ盗み聞きされない場所はないか？」

「高根城《ここ》に、俺の話を盗み聞きして、どうのこうのする者はおらん」

「おまんの命に関わる話なのだ」

いつになく真剣だ。配下には万全の信頼を置いているが、命に関わるとなれば仕方がない。

「ならば北の櫓へ上ろう。あそこなら、四方が吹きさらしだ。誰かが近寄れば、それと知れるがや」

高根城は、尾根筋の北端に築かれた山城だ。南から北へと三つの曲輪《くるわ》が一列に並んでいた。北の曲輪が本丸で、簡素ながら主殿らしき建物もある。物見櫓に上れば、谷から吹き上げてくる風が火照った肌に心地よい。眼下には川の蛇行部と奥山《おくやま》の集落が望まれ、深く険しい山並みが遥か信濃国《しなののくに》にまで連なっていた。

「こりゃあ、絶景だな」

目と同じ高さを、長閑《のどか》に鳴きながら鳶《とんび》が舞っている。

「話とはなんだら？」

「最近、誰ぞ、ここへ来たか？」

「一昨日《おととい》であったか、二俣城《ふたまたじょう》からの荷駄が米と味噌と打ち豆を届けてくれた。

それ以外はこの一ケ月《ひとつき》、猿が来るぐらいで、敵を含めて誰も来やしねェ」

「以前おまんに『徳川家は割れる』と伝えたろう……あれが、現実味を帯びてきたら」

急にボソリと大変なことを耳打ちされ、茂兵衛は思わず目を剝《む》いた。

「え、えらいことだら」

「信康公の離反は避けられん」

「戦《いくさ》になるのか？」

「そうならぬために、今、殿様と酒井様が知恵を絞っておられるのよ。謀反を未然に防ぎ、武田や織田につけ入る隙を与えず、最小限の犠牲で済ます妙手をな」

「俺の命が云々とかゆうとったが、あれはどういう意味だら？」

「今やおまんは重要な国境《くにざかい》の番城《ばんじょう》を預かる足軽大将じゃ。鉄砲足軽を三十人も率いとる。必ず岡崎《おかざき》から誘いがくるだろう」

「俺を謀反に誘うというのか？」

「おまんは松平善四郎の義兄だからな。善四郎は、岡崎衆の重鎮大給《おぎゅう》松平真乗の義弟でもある」

一昨年、善四郎は大給松平の姫君と祝言を挙げた。昨年には長子にも恵まれたのだ。相変わらず義兄の真乗との仲は、ギクシャクしているらしいが。

「もし弟御が説得に来たら、有無もゆわさず捕まえろ。帰すな。義弟は重病と称し、この城に兄弟で身を潜めておれ。そのうちに下界の騒動も収まろう。そうしたら、そ知らぬ顔をして山から下りてこい」

「分かった。そうする。よう教えに来てくれたな」

「なんの、朋輩《ほうばい》ではないか」

(それにしても……こんな山奥まで、わざわざか？)

乙部の活動の拠点は東遠江《ひがしとおとうみ》だ。仮に、浜松城《はままつじょう》に用事があったついでだとしても、浜松と高根城は十三里（約五十二キロ）も離れている。

(朋輩だから、では説明がつかぬが……聞いてもコヤツは、本当のことはゆわんだろうな)

話が終わると、乙部はさっさと山を下りて行った。

(もしや、綾女殿ではないのかな？)

綾女は敵地の駿府《すんぷ》に潜入し、乙部の配下として諜報活動に従事している。ひょっとして、彼女が茂兵衛の身を案じ、乙部に状況を伝えるよう求めたのではあるまいか。

（ハハ、ま、そんなわけはねェか）

所詮は茂兵衛自身の願望に基づく妄想に過ぎない。気が向けば、行きずりの男とでも寝るような女だ。今さら汗臭い茂兵衛の身の上など心配するはずがない。とうに忘れているはずだ。現実にはあり得ないことで、自分で自分のうぬぼれが少し恥ずかしかった。


はたして十日ほど後、乙部の予言通り、松平善四郎が高根城へとやってきた。

善四郎は、物々しく甲冑《かっちゅう》を着込み、馬に乗り、弓足軽五人、槍足軽五人、小者五人の大所帯で山道を上って来た。

「義兄《あにじゃ》！」

鞍上《あんじょう》から笑顔で手を振ってくる。

「善四郎様、御無沙汰致しておりまする」

義弟ながらも御一門衆である。敬意を払い、寄騎《よりき》で副将格の平助改め大久保彦《ひこ》左衛門忠教《ざえもんただたか》を連れ、城門まで出迎えた。

一瞬、善四郎の用向きを考えた。

（まさか、乙部の心配通りで、大給松平と親戚付き合いするうち、向こう側に寝

返って、俺を謀反に誘いに来たんじゃあるめェな）

もし本当にそうなら、乙部の指示通り、善四郎を捕縛せねばならない。暗愚《あんぐ》な今川氏真すらも見限った無理筋の謀反に、義弟を加担させてはならない。しかし、善四郎が率いているのは相当な戦力だから、取り押さえるにしても、ひと合戦必要になってくる。まずは善四郎と足軽衆を引き離すことが肝要だ。

（ま、衆目の面前で、俺を謀反に誘いはすまい。二人で密談することになろうから、まず俺が善四郎様を手取りにする。その上で、鉄砲隊で取り囲み、得物を捨てさせ、誰も傷つけずに武装解除だら。うん、それでいこう）

「おい、彦左」

善四郎に気取られぬよう、筆頭寄騎の耳元に口を寄せて囁《ささや》いた。

「お供の足軽衆を一ヶ所に集め、瓜《うり》でも食わせてやれ。その隙に、うちの鉄砲隊二十、槍隊十を物陰に待機させとけ。鉄砲はすぐに撃てるようにな」

「あのう……戦う相手は、あいつらですか？」

と、彦左衛門は善四郎が率いる足軽の一隊に向けて顎を杓《しゃく》った。

「ま、最悪に備えるということだ」

「でも、義弟《おとうと》さんでしょうが？」

「たァけ。義弟だからこそよ。ここは黙って、俺のゆう通りにしてくれ」

と、我の強い若武者を睨みつけた。

恐ろしい企てを胸に秘め、顔だけは満面の笑みで取り繕いながら、善四郎を本丸の主殿へと誘《いざな》った。

「えぇッ。まことですか！」

ところが、驚かされ、声を張り上げたのは茂兵衛の方であった。

「しッ、声が大きい」

善四郎が四方を窺った。

「さすがは家康公じゃ。有無を言わさず制圧された」

八日前の八月三日、家康は旗本先手役の精鋭二千を率いて、電撃的に岡崎城を訪問した。瞬時に信康と築山殿の身柄を拘束し、城の全権を掌握したという。

翌八月四日、信康の身柄を大浜城《おおはまじょう》へと移した。

昨日八月十日には、家臣の主だった者に命じ「今後一切、信康とは連絡をとらない」との起請文まで差し出させた。

「手際が宜しゅうございまするな」

「やるとなったら機敏に動く。岡崎衆に指一本動かす隙を与えなんだ」

乙部の言葉通り、家康と酒井忠次が念入りに手筈を整えた結果であろう。

「あの急先鋒だった櫻井《さくらい》松平と拙者の義兄《あに》の真乗さまも、素直に起請文を差し出してくれてホッとしたわ」

「なるほど……」

おそらく八月三日から十日までの八日間に、水面下で暗闘が繰り広げられたのだ。家康は、信康の身柄を確保した上で、先手衆の武力を背景に、西三河《にしみかわ》の重鎮たちを説得──あるいは恫喝したのだろう。起請文は念押しに過ぎず、大給松平も櫻井松平も、八日の間に、すでに白旗を掲げていたものと思われた。

「殿にとっては、またとない好機だった。実は、信長が信康公に不審の念を抱かれてな」

「と、いうと？」

「ここだけの話じゃがな……勝頼との内応よ」

「ほう」

家康は、今川氏真の告白から、信康の武田への内応を確信したわけだが、それを岐阜《ぎふ》に伝えてはいまい。己が倅《せがれ》に謀反を起こされかけている不手際を、信長に知られることになるからだ。能力の劣った者に対する信長の嫌悪感の激しさは、三方ヶ原《みかたがはら》以来、家康は骨身にしみている。

ところが信長は、独自の情報網で、信康と勝頼の連携を嗅《か》ぎつけてしまったのだ。もしや通報者は、信康の正妻にして信長の娘でもある徳姫《とくひめ》やも知れない。

信長が岐阜に酒井忠次を招喚し、信康と築山殿の処分を求めてきたとき、酒井は信長の疑念に一切反論せず、只々平伏し、承って帰ってきたという。

降って湧いたような信長の勘気を、酒井はむしろ「よい機会」と捉えたのではあるまいか。

信康と岡崎衆の当面の目標は、家康の排除である。となれば、標的たる家康は機先を制して、信康と彼を担ぐ岡崎衆を制圧粛清せねばならない。ただし、流す血は最小限に止めるべきだ。三河一向一揆のときと同様に、徳川家内に深い亀裂を残さないことが肝要だ。

今回、信長が、信康の処分を求めてきたことで――

「信長が『処分せよ』とどうにも強硬でな。家康公はお辛い立場なのじゃ」

と、家内の遺恨をすべて信長に転嫁できる――そう、酒井は考えたのだ。

「で、殿は若殿に腹を切らせるおつもりなのですか？」

「まさか」

善四郎が笑顔を見せた。もしも信長が、信康の首を差し出すよう求めてきても、対策はあるという。

「若殿には、影武者がおられるのよ。吉良初之丞《きらはつのじょう》と申す小姓でな」

信康とよく似ている小姓の首を、「信康の首」と偽って信長に差し出す策を酒井は温めているらしい。その後、信康はどこぞの寺にでも身を潜めて、復活の時節を待てばいい。

(影武者が身代わりで切腹かい……たまらん話だら)

「ま、よくある話さ」

善四郎は、さほどにはその吉良という若者に同情を寄せていない様子だ。この辺は、貴種の生まれと、庶民の生まれの感性の違いであろうか。

総じて、謀反を未然に防ぎ、反抗的な岡崎衆は「主《あるじ》を守れなかった」との理由でそれなりに処罰して力を削ぎ、それでいて信康は殺さずにすみ、信長の命に従う一方で悪評はすべて信長になすり付ける——家康にとって、まさに、良いことずくめの妙手と言えた。

「信康公の身柄は、この十五日にも、二俣城に移される」

「二俣城に？　何故、わざわざこんな辺鄙《へんぴ》な城へ？」

「岐阜から遠いからよ。岐阜から二俣城まで三十里（約百二十キロ）以上もある。この残暑の中、日が経てば経つほど首は腐り、顔の判別がつきづらくなろうからな」

「……」

なんとも凄惨な話ではないか。この手の話を、表情も変えずに話せる善四郎に、茂兵衛は若干の戸惑いを覚えた。あの感受性豊かな若者はどこに消えてしまったのだろうか。今年で彼も二十三歳だ。妻も子もできた。ひょっとして、他人の悲惨に鈍感になる——これが大人になるということなのかも知れない。

（あ、そうだ……忘れとったわ）

一刻も早く、弾を装塡した鉄砲隊を解散させるよう彦左衛門に命ぜねばなるまい。放っておくと、いつ何時、あの短慮で風変わりな若者が、大事件を起こしかねないのだから。

## 二

「今日は何日だ？」

本丸の櫓上で茂兵衛が、彦左衛門に訊いた。

「十七日でしょう」

六日前の十一日に来た善四郎は、十五日に信康が大久保忠世が城代を務める二俣城に移送されると言っていた。

「二俣城の兄御から、なんぞゆうてこなんだか？」

「別に……長兄は、拙者のことを大層疎んじておりますゆえ」

「僻んだ言い方をするな。御城代は、おまんのことを案ずればこそ、こうして俺に預けたのだ」

「へえ、左様で……」

と、今年で二十歳《はたち》になった彦左衛門が、茂兵衛を見上げて皮肉な笑顔を見せた。まるで「お前に預けたことこそが、兄が俺を嫌っている証だよ」とでも言いたげではないか。

（この、小僧がァ）

癇癪《かんしゃく》を起こしかけ、思わず、その日焼けした丸い頰を抓《つね》り上げてやろうかとも思ったが、櫓上には物見役の足軽が二人いる。城番が筆頭寄騎の頰を抓っているようでは、上役たちに対する兵たちの信頼が揺らぎかねない。そう分別して自重した。

「お頭《かしら》」

小頭の篠田が櫓に上ってきた。この男もよく日に焼けている。元々が痘痕面《あばたづら》なので、まるで溶岩のようだ。

「南方から二十人ほどの足軽隊がやって参ります。旗指物《はたさしもの》は、庵《いおり》に三階菱《さんがいびし》」

「また善四郎様か？」

大草《おおくさ》松平の家紋は、家屋を表す文様（庵）の下に三階菱を描く。

「それが、よほど急いでおられるのか、兵たちも皆小走りにて、喘《あえ》ぎながら坂道を上ってこられまする」

「幾度もなんだろう？」

「さあ、糞《くそ》か小便でもこらえておられるのでは？」

と、笑った彦左衛門を睨みつけ、足の甲をわざと踏みつけてから、櫓の梯子《はしご》を駆け下りた。

果たして、糞でも小便でもなかった。

信康の影武者である吉良初之丞が、二俣城から逐電したのである。

「不忠者め。若殿の身代わりとなって死ぬのが、よほど嫌だったと見える」

主殿の広間に彦左衛門と小頭たちを集め、善四郎と茂兵衛を中心に即席の軍議となった。

「武士にあるまじき振る舞いにございまするな」

と、善四郎には返したものの、それは一同を前にした城番としての体裁を繕《つくろ》った発言である。本心では「そりゃ、逃げるわ。俺だって逃げかねん」と吉良に同情している茂兵衛である。

「もし吉良が逃げおおせたら、いかがなりましょうか？」

年配の鉄砲小頭が善四郎に質《ただ》した。

「信長公は猜疑心の塊のような御方じゃ。武田と内応した若殿を許しはすまい。どうしても首実検をすると言い張ると思うぞ。そうなれば最悪、若殿には本当にお腹を召していただくことになりかねん」

「ということじゃ」

と、茂兵衛が話を引き取った。

「我々としては、なんとしても吉良を捕縛せねばならない。皆々、知恵を出してもらいたい」

自然と茂兵衛が、議事を進行させる。

「御城代（大久保忠世）は四方に追手を差し向けられたが、青崩峠《あおくずれとうげ》を越えて信濃に逃げ込む道は、拙者と義兄《あにじゃ》で探索せよとの仰せじゃ」

「逐電はいつ？」

「昨夜のうちに。馬が一頭いなくなっておるから、おそらくは騎馬で……」

「秋葉《あきば》街道を通ってはおりませんぞ」

昨夜の物見当番であった佐々木が声を張った。

「もし馬が通れば、たとえ暗くとも物見が見逃すはずはございません」

「街道を通るとは限らん。馬を捨て、徒歩で山道に入ったやも知れん」

「そ、それは……」

善四郎の反論に、佐々木が口ごもった。確かに、すべての獣道や間道《かんどう》を見張っているわけではない。抜け道はあるのだ。

「おい、鹿丸を呼べ」

茂兵衛が足軽に怒鳴った。鹿丸は猟師だ。周辺の山々の間道や獣道に詳しい。

「篠田、今よりすぐ、奥山の集落に俺の名で伝えよ」

茂兵衛は一策を講じることにした。人の欲望を味方につけるのだ。

「吉良初之丞を捕らえた者には、その生き死にかかわらず、銀十貫を与える。重要な情報をもたらした者には、銀一貫を与える」

銀一貫は、およそ十万円に相当する。十貫なら百万円だ。

「尚、この褒賞は当家の足軽にも適用される」

足軽の俸給は年に三貫程度だ。武具と衣食住は支給されるのでなんとかなる程度の薄給だ。目の前に銀十貫がぶら下がれば、皆必死となるだろう。若殿の命がかかっている。大盤振る舞いは止むをえまい。

小頭たちが散り、茂兵衛と善四郎、彦左衛門だけが広間に残った。

政治的な決着なら、今月三日に家康が岡崎城の全権を掌握した段階ですでについている。勝者は家康、敗者は信康だ。ここはもう動かない。

問題は、信康の命である。

信長に対し、徳川の旗幟《きし》を鮮明《せんめい》にするためにも武田寄りの信康の首を差し出すのはいい。分かりやすい。ただ、その首は本物であるのか、影武者の首であるのか、これは徳川家、就中《なかんずく》、父親である家康にとっては大問題であろう。

「つまり、今回の主命は『信康公と瓜二つの吉良初之丞を捕らえ、二俣城へ拘引せよ』で宜しいのですな？」

茂兵衛が念を押した。

「左様だ。義兄《あにじゃ》、吉良がもし北へ逃げており、武田領の信濃国へ入られると、その方面の探索を仰せつかった拙者の手落ちともなりかねん。なんとか骨を折って下さらんか」

「勿論、最善を尽くしまする」

と、茂兵衛が請け負った。

「善四郎様、吉良が乗って逃げた馬の特徴がわかりまするか？」

「奴め、不忠にも信康公の御乗馬を奪って逃げた。青毛の大きな悍馬《かんば》じゃ。見る限り、八寸《はっき》はある」

「八寸の青毛馬《くろうま》！　よかった。それなら捜しやすい。たとえ乗り捨てても人の目に留まりましょうからな」

茂兵衛たちにとって、吉良初之丞に山道へと分け入られ、密かに山越えされるのが一番困る。発見しにくい。ただ、細い山道は馬では進めないから、どこかで馬を乗り捨てねばなるまい。吉良本人を捜すより目立つ馬を捜したほうが「話は早い」と茂兵衛は考えたのだ。

「彦左、馬だ。大きな、気の荒い青毛馬を捜させろ。見つけた者への褒賞金は銀一貫じゃ」

「ははッ」

と、一礼して彦左衛門が駆け去った。

ちなみに、戦国期の軍馬は肩までの高さ四尺（約百二十センチ）を最低限と考え、それより「幾寸大きいか」で分類された。

例えば、五寸の馬——寸は「き」と読む——なら体高は、四尺五寸（約百三十五センチ）ということになる。信康の乗馬が八寸だとすれば、体高が百五十センチに近く、かなり大きな馬だ。

三日後の昼前、高根城から一里半（約六キロ）南にある瀬戸《せと》という集落から、裏山で炭を焼く老人が「立派な青毛馬を売りにきた」との報せが入った。どう見ても「おまん風情が飼える馬には見えねェ」と村人は怪しみ、後難を恐れて誰も相手にしなかったそうな。老人は憤慨し、馬を連れて山へ帰っていったらしい。

茂兵衛は早速、高根城の指揮を彦左衛門に任せ、善四郎と鹿丸、非番で休んでいた小頭の佐々木と槍足軽十名を率い、瀬戸集落へと急行した。

炭焼き小屋はすぐに見つかった。果たして、納屋には青毛馬が繋がれていた。一際大きく、いかにも猛々《たけだけ》しそうな馬である。

「これですな？　若殿の御馬は」

「間違いないとは思うが、馬鎧《うまよろい》も着けておらぬし、確証までは持てん」

他人の馬であり、鞍も置いていない裸馬《はだかうま》の状態では断定できないようだ。ただ、これだけ大きく、見事な馬がそうそういるわけがない。

老人は兜武者《かぶと》と足軽隊に踏み込まれて動転していたが、茂兵衛が優しく来意を告げ、褒賞金の可能性を告げると、途端に饒舌《じょうぜつ》になった。

「今朝起きたら、馬が裏の楓《かえで》の木に繋がれておったですら。ワシは阿弥陀様が下さったものに相違ないと思い、幾度もナンマンダブして、有難く頂戴しましたがね」

「おまん、大事な頂き物をさっさと売り払おうとしたのかや？」

佐々木が老人を睨みつけた。佐々木は熱心な一向門徒である。

「だって、こんなに大きくて気の荒い軍馬を、炭焼きが持っとっても、使い道がねェでしょうが」

「それにしたって罰当たりな」

「阿弥陀様は門徒に罰など当てねェ！」

「ま、両名ともむきになるな」

慌てて茂兵衛がとりなした。信心が絡むと話がややこしくなる。

「なにしろ『初瀬《はっせ》』は正真正銘ワシの馬ですら。売ろうが、殺して食おうが、ワシの勝手で……」

「おい親父？」

善四郎が老人の肩を摑んだ。

「おまん、どうしてあの馬の名を知っておる？」

「そりゃ、手綱に書置きが結んであったからね。そこに『馬の名は初瀬』と書いてあったんですら」

「信康公の御馬の名は『初瀬』なのですか？」

「間違いない」

善四郎が深く頷いた。これで確定した。吉良が奪って逃げた馬である。今朝、目指す吉良初之丞は確かにこの場所にいたのだ。

馬を捨てたということは、ここから山道を歩き、五里（約二十キロ）北の国境を目指すものと思われた。

「鹿丸、どこをどう歩くか目途はつくか？」

「道は幾つもございます。山の中には無数の間道、獣道などが入り組んでおり、どの道を選んだかは、なかなか」

「分からぬか。困ったな」

茂兵衛には、気になっていることがあった。逃亡者である吉良の行動に対する違和感だ。

「ね、善四郎様、吉良は騎乗の身分だったのでしょ？」

「信康公の小姓だからな。元の三河守護の家系に連なる名門の出よ」

三河吉良家は、かつて三河守護に任じられた足利《あしかが》将軍家の支族である。

「自分の馬があるなら、どうして、若殿の馬で逃げたのですかな？」

「さあな。ただ、この初瀬は名馬中の名馬、惚れこんどったのかも知れん」

「その割には、こうして簡単に見捨てた」

「命には代えられんだろ。それに、所詮は他人の馬よ」

「でも、馬を託す相手には、わざわざ名を伝えておきたかった」

初瀬は大和国《やまとのくに》にある古い集落の名だ。和歌にも詠《よ》まれた雅《みやび》な土地である。飼い主が代わっても、その名だけは継承して欲しかったのだろう。馬への情の深さを感じる。

「義兄《あにじや》、なにが言いたい？　この馬は確かに初瀬で、ここへ引いてきたのは吉良初之丞じゃ。それだけ分かれば十分であろう。さ、早う吉良を追おう」

善四郎が焦《じ》れ、癇癪を起こしかけている。

「左様ですか……では、この初瀬を放してみましょう」

「なぜ？」

「吉良は初瀬に惚れ込んでいた。気の荒い初瀬も大人しく二俣城からここまで吉良を乗せてきた。吉良と初瀬は気が合ったやに思われます」

「なるほど。初瀬が吉良の後を追えば、逃げた方向が分かると申すのだな？」

「御意ッ」

炭焼きの老人に、褒賞として銀一貫（約十万円）、馬の代金としてさらに銀一貫を与える旨の証文を渡し、代わりに初瀬を受け取り、手綱を放した。

馬はしばらく戸惑っていたが、やがて一点を見つめ、動きを止めた。西の方角だ。耳で気配を探り、鼻をヒクヒク動かして臭いをとった。そして、意を決したかのように、西へ向けて一気に山道を駆け上り始めたのだ。
「よし、後を追うぞ」
茂兵衛が駆けだすと、善四郎以下が従った。
炭焼き小屋の裏手は深い山になっていた。愛宕山《あたごやま》との名があるらしい。初瀬は
どんどん上っていったが、やがて道は岩場へと差し掛かり、馬はそれ以上は進め
なくなってしまった。初瀬が山道に消えた吉良を呼ぶかのように、身悶えして高
く嘶《いなな》いた。
「鹿丸、おまんの獲物は昨日の朝、この道を確かに通った。さあ、痕跡を辿って
獲物に迫れ。猟師としての矜持を示せ」
「はッ」
猟師は、獲物を追って猟犬のように追跡を開始した。

三

蜩《ひぐらし》の鳴く中、鹿丸の追跡は続いていた。
日没までは、まだ一刻（約二時間）以上ある。ことは急を要する。追えるだけ

追って、暮れれば野宿だ。明ければまた追う。幸い、佐々木が率いる槍足軽の多くは、牧之原台地《まきのはらだいち》での山賊稼業にも参加していた。野宿にも、襲い来る蚊《か》や蚋《ぶよ》にも慣れた心身ともに頑健な古参兵たちだ。少々のことでは音《ね》を上げまい。山に慣れない善四郎は心配だが――ま、何事も経験である。

今や鹿丸は、猟師の本領を発揮していた。

土の湿った場所では、草鞋《わらじ》の足跡を探り、乾いた場所では、落ち葉の反転具合を見ているようだ。人を含め、大形の動物が歩けば、落ち葉は裏返しになる。長く地面に接していた面が表になっていると、路面が黒々と見えるそうな。勿論、茂兵衛にはどこも同じように見えるのだが。

「以前に道案内を頼んだ男から、猟師は獣の臭いを追うと聞いたが」

「ああ、近づくとフッと臭うことがございます」

歩きながら、鹿丸が語り始めた。

「大グマは手前《てめ》ェの腕力に自信があるもんで、猟師を待ち伏せしたりもしやがる。ところがクマは特に臭ェから、五間（約九メートル）先から臭ってくる。それで命を救われたことが、幾度かございました」

「風向きにもよろうな？」

「へい、ですから山では風に向かって歩くのが心得」

「相手の臭いを取りやすいようにか」

「左様で。獣たちも大概そうしておるようで」

「ほう。賢いものよのう」

「へい、猟師は、日々獣との知恵比べにございます」

面白いと思った。もし自分が生き長らえ、安穏な余生というものがあるのなら、自然の中に身を置き、鉄砲一挺を提げ、野山を歩いて動物と知恵比べをしてみたい。そんなことを思った。

「植田様」

前を行く鹿丸が足を止めて振り返った。

「気になることが一つございます」

鹿丸が茂兵衛と善四郎に小声で囁いた。

「最前から、我らの後を、付かず離れず尾行《つけ》て来る者がおります」

と、後方に視線を遣った。

「何者だ?」

善四郎が質した。

「さあ……姿は見せません。気配だけが付いてきます」

「武士か？」

「多分違います。猟師か、杣人《きこり》か、行者か……あるいは、忍《しのび》」

「忍とは……乱波《らっぱ》、素破《すっぱ》の類《たぐい》か？」

茂兵衛が問うた。

「いや、ま、正直よく分かりません。いずれにせよ山の素人ではねェですら」

「人数は？」

「一人」

「ま、一人なら大事ないか……」

善四郎を窺うと、頷き返してきた。今は、吉良のあとを追うのが先決だ。

「ずっと尾行てくるようなら、教えてくれ」

「へい」

一行はまた歩き始めた。

しばらく歩くうち、尾行者の気配は消えたそうだ。これで、吉良追跡に集中できる。

「ほれ、我らが獲物はここで、アケビを食ったようにございます」

薄紫色の果皮と、黒い小粒の種が明るい尾根筋の道に散乱していて、種にアリがたかっている。見回すと、覆いかぶさるようにして山桜の枝が伸びており、その枝に蔓《つる》が巻いて、熟してパックリと割れたアケビの実がたくさん生《な》っていた。

「なぜ人が食ったと分かる？　サルかクマかも知れんだろ」

善四郎が、猟師に質《ただ》した。

「獣は、種を吐き出したりはしないものにございます」

「なるほど」

茂兵衛は、食い散らされたアケビの皮と種を見ながら、吉良初之丞の心境に思いを馳せた。

主君の身代わりになって死ねと言われ、納得できずに逃亡した。家族も、名族の誇りも、主人の馬もかなぐり捨て、己が命大切にここまで不眠不休で逃げてきたのだ。見上げれば熟したアケビが生《な》っている。思わず手を伸ばし、立ったまま貪《むさぼ》り食った。

（野郎、切なくて侘《わび》しくて、咽《むせ》び泣いたんじゃねェかなァ。俺なら泣くなァ）

鹿丸は、アリを払って種を調べ始めた。

「まだ十分に湿気ておりますな。ほんの一刻（約二時間）前ぐらいかな？」

「急ごう。おい、おまんら」

茂兵衛が足軽たちに振り向いた。

「アケビを食ってもええが、歩きながら食えよ。さ、出発じゃ」

足軽たちは、果実を蔓ごと切り取り、肩からかけたり、腰に吊ったりして行軍の列に戻った。歩きながら甘い果肉をしゃぶり、種を吐く。

日が暮れると、目立たぬように沢筋へおりて露営となった。天正七年（一五七九）の八月二十日は、新暦になおせば九月の十日だ。昼はまだまだ陽射しが強いが、夜になると水辺は急激に冷え込んでくる。この界隈《かいわい》は標高も高いからなおさらだ。しかし、吉良に追跡が露見してしまいそうで、火を焚《た》くことは憚《はばか》られた。

「な、鹿丸よ」

「へい」

「吉良はワシらの追跡には気づいちゃいまい。こう冷え込むんだ。焚火をしてはおらんかなァ？」

「あ、なるほど……ちょっくら、見て参りましょう」

と、機敏に闇の中へ消えた鹿丸は、四半刻（約三十分）ほどで戻ってきた。

「植田様、御明察にございます。半里（約二キロ）ほど先の尾根筋に焚火が見えまする」

「鹿丸、おまん、そこまで行けそうか？　勿論、松明《たいまつ》なしだ」

今日は二十日である。月の出は亥《い》の下刻（午後十時頃）。山の端に顔を出すのはもう少し後だ。

「なんとか」

「善四郎様、相手は一人だ。貴方様《あなた》とそれがし、鹿丸の三人でそっと近づき、寝込みを襲い、吉良を捕縛するという策はいかがでしょう？」

「よし、それで参ろう」

後のことは小頭の佐々木に任せ、三人で露営地を発《た》った。

兜も具足も脱ぎ、籠手《こて》のみを着けた。茂兵衛は槍、善四郎は弓、鹿丸は鉄砲で武装している。

鹿丸の肩で揺れる目印の白布を頼りに暗い尾根筋を急いだ。後方の善四郎は、茂兵衛の肩につけた白布を見ながら続く。

子《ね》の上刻（午後十一時頃）すぎ、少しいびつな更待月《ふけまちづき》が東の山陰から上り、だいぶ歩きやすくなった。

「抵抗するようなら、斬っても構わん。要は首だけ持って帰ればよいのだから」

最後尾の善四郎が恐ろしげな言葉を呟いた。

「なんだか、哀れですな」

「なにが？　誰が？」

「や、別に……」

議論は不毛だ。感覚の違い、引いては生まれの違いなのだから。

四半刻（約三十分）ほど進むと、遠くに炎がチラチラと見えてきた。

「植田様、鉄砲はいかが致しましょうか？」

「うん、出番はあるやも知れん。俺がまず打ちかかるが、もしも下手を打つようなら、構わん、おまんが撃ち殺せ。ただし、顔に当てるなよ。面《つら》が若殿に似ているからこそ奴には価値があるのだ」

その顔さえなければ、あたら若い命を散らさんでもすんだものを。信康と瓜二つに生まれてきたことが、吉良初之丞の業であった。

「では、腹を撃ちまする」

鹿丸がサバサバと答えた。

木々の間に揺れる炎の二町（約二百十八メートル）手前で足を止めた。吉良は尾根筋の山道で露営するつもりのようだ。三人で顔を寄せ、小声で話し合いを持った。

「鹿丸、おまん、相手に気取られぬように大きく巻いて、焚火の向こう側へ出られないか？」

「なんとかやってみます」

「俺らが声をかけたら、いきなり走って逃げ出すやも知れん。吉良がおまんの方に逃げてくるようなら、容赦なく撃て」

「へい。ではそのように。道の向こう側へ出たら、フクロウの鳴き声でお報せいたします。二度鳴いて、三度鳴きまする」

この界隈にはフクロウが多い。留鳥《とどめどり》として四季を通して暮らしている。本物の鳴き声と混同せぬよう、鳴く回数にも注文が要る。

「よし、行け！」

鹿丸は道を外れ、ガサガサと藪の中に踏み込んでいき、姿が見えなくなった。

善四郎と二人、闇の中にうずくまり、鹿丸の合図を待った。

「吉良は、今頃なにを考えておるのでしょうな？」

「侍の誇りを捨て、逃げ出したことを悔やんでおろうよ」

「……ま、そうでしょうな」

その後は、黙って草叢《くさむら》の中に座っていた。周囲では、秋の虫が鳴き始めている。

ホウホウ、ホウホウホウ。

フクロウの声が、遠く焚火の炎の向こうから聞こえた。二度鳴いた後、三度鳴いた。鹿丸の合図だ。

「では、参りましょう」

「うん」

二人は炎を目指し、闇の中を黙って歩き出した。

木立の中、若者は膝を抱えて座り、焚火の炎を見つめていた。

「吉良初之丞殿とお見受け致す」

「誰じゃ！」

若者は、弾かれたように立ち上がり、打ち刀を抜いた。

「それがし、高根城を預かる植田茂兵衛と申す者。君命により、貴公を捕縛しに参った。恨みはない。殺したくもない。抵抗召さるな」

と、油断なく槍を構えた。焚火の灯りに、前立の平四ツ目結紋が鈍く光った。

「初之丞、拙者じゃ。大草松平の善四郎……」

そこまで言って善四郎は、急に言葉を飲んだ。

「ご、ご、御無礼仕《つかまつ》った！」

そう叫んだ善四郎が、急に土の上に平伏したのだ。

（ど、どうした善四郎様？）

槍を構えたまま、チラチラと義弟を窺った。

「義兄《あにじゃ》、吉良初之丞ではない。信康公御本人であられる。お控えなされ」

「！」

驚いて槍を捨て、善四郎とならんで平伏した。

「善四郎、まさかお前が来るとはな。父の命か？」

「いえ、拙者は二俣城代大久保七郎右衛門様の配下にござれば、大久保様の命にございまする」

「左様か」

信康と呼ばれた若者は、刀を納め、座り直して焚火の炎に手をかざした。

茂兵衛は必死に考えていた。死を恐れて逃走した影武者を追っていたつもりが、追いついてみると信康本人だったのだ。

(どうなってんだら?)

では現在、二俣城に軟禁されている信康は一体何者だろう? 素直に考えれば、その者こそが吉良初之丞ということになりはしないか。いやいや、もしそうだというなら、むしろ腑に落ちる部分が多い。これで「なぜ初瀬に乗って逃げたか?」「なぜ初瀬の名を炭焼きの老人に伝えようとしたのか?」また、初瀬が慕って後を追ったことも含めて、納得がいくことばかりだ。

「絵図を描いたのは、初之丞自身じゃ」

信康が訥々《とつとつ》と真相を語り始めた。

最初、家康と酒井忠次の策では、吉良を信康の代わりに切腹させ、信康はどこぞに隠れる。信康とそっくりの吉良の首を岐阜に送り、信長を納得させるという計画になっていたのだ。

(ほうだら。善四郎様から受けた説明の通りだら)

「ところが、そこに重臣《おとな》どもが嘴《くちばし》をいれてきたのよ」

と、忌々しそうに信康が呟いた。

浜松や東三河の重臣たちの多くは、信康と彼を担ぐ岡崎衆の造反を危険視していた。今後の禍根を断つためにも、いっそこの機会に、信康を殺してしまえとの世論が形成されていったという。酒井も、あるいは家康自身も、その世論に抗うことはできなかった。黙認せざるを得なかったのだ。

（黙認ね……）

茂兵衛は心中で思った。

（信康公の切腹は、あくまでもテテ親である家康公の判断だら）

家康は、父親としての情よりも、主君として家臣団の気分を優先させ尊重する男だ。私情を交えて信康を生かし、後々に禍根を残すより、いっそひと思いに、と考えたのだろう。

家康という、信玄や信長に比して才凡庸な男に、もし英雄としての資質があるとすれば、この「呆れるほどに自らを空しゅうしうる胆力」「私情の無さ」に尽きるのではあるまいか。

強硬派の重臣たちは、家康の黙認を確信すると、目先の利く服部半蔵を、信康切腹の介錯人として二俣城に送り込んできた。影武者などではなく、信康本人を確実に殺すためだ。

吉良は、彼らの策謀を察知し、自分が信康に成りすまして、信康を二俣城から逃がし「吉良初之丞が逃げた」との体裁を取り繕ったというのだ。

「しかし、拙者は簡単に見抜けました。半蔵殿、重臣衆にも若殿と吉良が入れ違ったこと、すぐに露見致しませぬか？」

「そこは案じておらん。半蔵や重臣たちも信長は怖い。『信康には、逃げられました』では済まんからな。とりあえずは初之丞の首を落とし、信長に差し出すだろう。奴等からすれば、ワシは後から、ゆるりと殺せばよいのだからな」

焚火の向こう側に、男の影が立った。六匁筒《もんめづつ》を手にした鹿丸である。茂兵衛は掌を向けて猟師を制し、小声で伝えた。

「鹿丸、手違いがあった。内密の話があるゆえ、ちと外してくれ」

「ははッ」

と、猟師は闇に姿を消した。

「さて善四郎、植田とやら……」

信康が焚火の炎から視線を善四郎へと向けた。

「お前、ワシをどうするつもりか？　ちなみにワシはこれから青崩峠を越え、信濃に住む縁者の元へ身を寄せる。野に伏して時節を待つつもりじゃ。善四郎、いかがする？」

「……」

善四郎が固まっている。どうしていいのか判断できないのだ。茂兵衛は、義弟の肩に無言で手を置いた。もう善四郎は以前の彼ではない。自分で正しい道を選べるはずだ。

「貴方様が、若殿と分かった以上は、また、二俣城へお連れすればお命がないことを思えば、拙者と植田は、このまま兵を退くしかございませんでしょう」

「よいのか？　重臣たちの恨みを買うぞ？」

「主人の若君を、己が手で死の淵へと突き落とすことはできません。帰ったら『吉良初之丞は、発見できなんだ』と報告致します」

しばらく沈黙が流れた。

「すまんな。お前は、ワシのことを嫌っておるとばかり思っておったが」

「拙者は武士にござる」

善四郎が表情を消して信康に応えた。

「己の好き嫌いでは行動致しません。己の中にある義の心を拠り所として考え、行動致しまする」

焚火の薪が、バチリと爆《は》ぜた。茂兵衛には義弟がひどく大人びて見えた。

その夜は、そのまま沢筋に野営し、翌朝全員で帰途に就いた。逃亡者である信康は、夜道を急ぎ、おそらくは今日の内に青崩峠を越えて信濃に入るだろう。

茂兵衛一行が高根城への上り口に差し掛かったとき、北方の奥山集落の方から、二十人ほどの一団が進んできた。一瞬「敵か？」と身構えたのだが、そうではなかった。

先頭に立ち、馬を進める四角い岩のような体形の鎧武者に見覚えがあった。

（あれは確か、服部半蔵……）

言葉を交わしたことこそないが、同じ旗本先手役の同僚だ。三方ヶ原で手柄を立て、今では伊賀《いが》の乱波、素破の元締めのような、怪しい任務に就いている。ちょうど乙部八兵衛を、強面《こわもて》の武闘派にしたような人物だ。

（乱波？　素破だと？）

昨日、猟師の鹿丸が「尾行者は忍かも」と推量したことを思いだした。

「これはこれは、大草の善四郎様ではございませぬか」

と、四角い岩が馬の歩みを止め声をかけてきた。体に似ず、小さく低い声だ。御一門衆を前にしても下馬する気はないらしい。

「実は、この先の山中で、出奔した吉良初之丞を捕縛致しましてな」

「え？」

茂兵衛と善四郎は絶句した。吉良は現在、二俣城にいる。では、半蔵が山中で捕縛したという「吉良」は——信康本人ではないのか？　半蔵が気づかぬはずがない。信康本人と気づいているのだ。気づいた上で、何らかの魂胆があって、あえて「吉良である」と強弁しているとしか思えない。

「服部殿、その吉良初之丞はいずこに？」

善四郎が質した。

「あれに」

と、半蔵が顎を杓った方向——漆塗《うるしぬ》りの輿《こし》が足軽四人に担がれている。御簾《みす》が下りており、内部は見えない。

「会ってみたいが」

「それは叶いませぬな。なにせ大事な若殿の影武者……拙者には、滞りなく二俣城まで護送する責任がござるゆえ」

「一目だけでも会いたい」

「お断り致す」

「そこを枉《ま》げて」

善四郎が粘る。

「くどいわ！」

「何だと……」

善四郎が、佩刀《はいとう》に手をやろうとしたので、茂兵衛は背後からその手を押さえた。

「……時の無駄じゃ。進め」

と、半蔵は善四郎の怒りを無視し、隊列を発進させようと手を上げた。

「お待ち下され」

こんどは茂兵衛が声をかけた。

「それがし、高根城の城番を務める植田茂兵衛と申す」

「ああ、例の百姓上がりか」

瞬間、周囲が凍り付いた。百姓上がりには相違ないが、今の茂兵衛は足軽大将でもある。

「番城は街道の関所も兼ねておるゆえ、それがしには、街道を通る人や荷を検《あらた》める権限がござる。高根城の城番として重ねてお願い致す。輿の中を検めたい」

「………」

「では、拝見いたす」

と、善四郎を促し、輿に向かいかけたとき、半蔵が後方から呼び止めた。

「よいのかな？　あまり無茶をされると、拙者も、貴公らが山中で吉良に追いつきながら、敢えて見逃がした仕儀を思いだしてしまうが、よろしいか？」

鹿丸が気づいたように、半蔵は忍を放ち、善四郎と茂兵衛の動きを見張らせていたのだろう。当然、信康との深夜の出会いも知っているはずだ。

「拙者は父の位牌に賭けて、武士として恥ずべき行動は何一つとっておらん」

脅された善四郎が血相を変えた。

「人としては兎《と》も角《かく》、宮仕えの武士としては如何かな？　上役であられる大久保七郎右衛門様に、ご迷惑が及ばねばよいが」

「服部、貴様ッ」

善四郎が腰の刀に手をかけた。呼応した茂兵衛隊の足軽たちが一斉に槍をかまえ、服部隊もそれに応じる――まさに、一触即発だ。

（ま、ここまでか……すでに死に体の信康公に、これ以上の肩入れはできん）

「双方槍を退け！」

茂兵衛が割って入った。

「我ら、徳川の輩《ともがら》である！」

足軽大将の剣幕に、我に返った兵たちはそれぞれ槍を収めた。

輿の中の信康が、生きているのか？　すでに殺されているのかさえ分からない。ただ一つ確かなことは、茂兵衛や善四郎のような武辺者には、政治は荷が重いし、力が及ばないという現実だ。二人は呆然と信康が乗っているであろう輿が遠ざかるのを見送るしかなかった。

天正七年（一五七九）九月十五日。岡崎三郎信康、遠州《えんしゆう》二俣城にて切腹。享年二十一。信康の首は岐阜へ送られ、遺体は二俣城から尾根続きにある小松原《こまつばら》長安院《ちようあんいん》に葬られた。

翌天正八年（一五八〇）、家康は同院に廟と位牌堂を建立した。その後家康が詣《もう》でた際、境内に滝があるのを見て寺名を信康山清瀧寺《しんこうざんせいりゆうじ》と改めさせた。この寺は名もそのままに現存し、境内には信康の廟を守るように、殉死した忠臣、吉良初之丞の墓が残る。

本作品は、書き下ろしです。

双葉文庫

い-56-05

三河雑兵心得《みかわぞうひょうこころえ》

砦番仁義《とりでばんじんぎ》

2021年2月13日　第1刷発行
2024年10月8日　第16刷発行

【著者】
井原忠政《いはらただまさ》

【発行者】
箕浦克史
【発行所】
株式会社双葉社
〒162-8540 東京都新宿区東五軒町3番28号
［電話］03-5261-4818（営業部）　03-5261-4831（編集部）
www.futabasha.co.jp（双葉社の書籍・コミックが買えます）
【印刷所】
中央精版印刷株式会社
【製本所】
中央精版印刷株式会社

【フォーマット・デザイン】
日下潤一



ISBN978-4-575-67041-7 C0193
Printed in Japan

経塚丸雄《きょうづかまるお》　わんわん武士道　猛犬、江戸に跳ぶ　長編時代小説〈書き下ろし〉

将軍に献上された巨大犬を飼い馴らす、というお役目についた小笠原官兵衛は、暴れ犬をしつけようと悪戦苦闘する。新シリーズ始動！

経塚丸雄《きょうづかまるお》　わんわん武士道　猛犬、月に吼える　長編時代小説〈書き下ろし〉

公方様にも吼えかかる無礼犬を手懐けた小笠原官兵衛。幕閣の覚えがめでたくなるが、将軍家の世継ぎをめぐる争いに巻き込まれてしまう。

経塚丸雄《きょうづかまるお》　わんわん武士道　猛犬、恋に落ちる　長編時代小説〈書き下ろし〉

仁王丸の許に花嫁候補がやってきた。だが花婿はすっかり嫌われてしまう。官兵衛は二匹の恋を実らせようと御犬番の誇りを懸け奮闘する！

井原忠政　三河雑兵心得　足軽仁義　戦国時代小説〈書き下ろし〉

苦労人、家康の天下統一の陰で、もっと苦労した男たちがいた！　村を飛び出した十七歳の茂兵衛は松平家康に仕えることになるが……。

井原忠政　三河雑兵心得　旗指足軽仁義　戦国時代小説〈書き下ろし〉

三河を平定し、戦国大名としての地歩を固めた家康。猛将・本多忠勝の麾下で修羅場をくぐる茂兵衛は武士として成長していく。

井原忠政　三河雑兵心得　足軽小頭仁義　戦国時代小説〈書き下ろし〉

迫りくる武田信玄との戦い。家康生涯最大のピンチ、三方ヶ原の戦いが幕を開ける。怯むな茂兵衛、ここが正念場！　シリーズ第三弾。

井原忠政　三河雑兵心得　弓組寄騎仁義　戦国時代小説〈書き下ろし〉

大敗から一年、再び武田が攻めてきた。決戦の地は長篠。ついに、最強の敵と雌雄を決する時が迫る。それ行け茂兵衛、武田へ倍返しだ！

千野隆司　おれは一万石　長編時代小説〈書き下ろし〉

一俵でも石高が減れば旗本に格下げになる、ぎりぎり一万石の大名、下総高岡藩井上家に婿入りした十七歳の若者、竹腰正紀の奮闘記！

朝井まかて　残り者　長編時代小説

大奥、最後のとき。なにゆえ五人の女中は、御殿にとどまったのか⁉　激動の幕末を生きぬいた女たちの物語。

幡大介　八巻卯之吉 放蕩記　大富豪同心　長編時代小説〈書き下ろし〉

江戸一番の札差・三国屋の末孫の卯之吉が定町廻り同心になった。放蕩三昧の日々に培った知識、人脈、財力で、同心仲間も驚く活躍をする。

葉室　麟　川あかり　長編時代小説

藩で一番の臆病者と言われる男が、刺客を命じられた！　武士として生きることの覚悟と矜持が胸を打つ、直木賞作家の痛快娯楽作。

葉室　麟　螢草《ほたるぐさ》　時代エンターテインメント

切腹した父の無念を晴らすという悲願を胸に、出自を隠し女中となった菜々。だが、奉公先の風早家に卑劣な罠が仕掛けられる。

葉室　麟　峠しぐれ　時代小説

峠の茶店を営む寡黙な夫婦。ある年の夏、二人を討つため屈強な七人組の侍が訪ねてきた。二人の過去になにが。話は十五年前の夏に遡る。

葉室　麟　あおなり道場始末　痛快長編時代小説

その剣、天下無双——ただし、三回に一回⁉　未完成の奥義〝神妙活殺〟を引っさげて、三兄妹弟は父の仇を捜すため道場破りの旅にでる！